Thomas Brezina · Im Dschungel verschollen

DIE KNICKERBOCKER BANDE®

Hallo Detektive,
hier mein ganz persönlicher
Steckbrief!

Name: Thomas Brezina (meine Freunde dürfen mich auch Brezl nennen)
Größe: 1,76 m
Gewicht: 60 kg (schwankt ...)
Haarfarbe: dunkelbraun
Augenfarbe: braun

BESONDERE KENNZEICHEN:
Ich habe einen Bart und sammle verrückte und coole Uhren. Eine davon zeigt mir immer an, wie viel Uhr es dort ist, wo die Knickerbocker-Bande gerade einen Fall löst.

MEINE ERINNERUNGEN AN DIE SCHULE:
Ich habe in der Schule gern Zeichnen, Englisch und Mathematik gehabt. Gehasst habe ich Latein und – Überraschung – auch Deutsch. Mein Lehrer hat immer nur Rechtschreibfehler gesucht, deshalb ist mir die Freude am Schreiben verloren gegangen.

MEINE LIEBLINGSBESCHÄFTIGUNGEN:
Schreiben, Reisen, Musicals, Kino, TV, Lesen, mit meinem Hund Daffi spazieren gehen, Schwimmen und natürlich schwierige Kriminalfälle lösen!

MEIN LIEBLINGSESSEN:
Am allerliebsten esse ich Sushi. Das ist roher Fisch auf Reisbällchen und schmeckt bedeutend besser, als es klingt.

MEIN GEBURTSDATUM:
Ich bin Wassermann und am 10. Tag dieses Sternzeichens geboren. Kombiniert: Wann ist mein Geburtstag?

MEINE KNICKERBOCKER-KRIMIS:
Sie fallen mir beim Duschen, Spazierengehen, mitten in der Nacht, im Flugzeug oder an sonstigen ungewöhnlichen Orten ein.

MEINE BERUFSWÜNSCHE:
Ich wäre gern Detektiv geworden. Aber ich fürchte, dazu hatte ich damals nicht genug Mut und Ausdauer. Und jetzt kann ich mir keinen anderen Beruf vorstellen als den, für euch spannende Geschichten zu schreiben.

Wenn ihr noch Fragen habt: www.thomasbrezina.com

Thomas Brezina

Die Knickerbocker-Bande®

IM DSCHUNGEL VERSCHOLLEN

Abenteuer in Brasilien

Abenteuer Nr. 26

Mit Illustrationen von
Atelier Bauch-Kiesel

Ravensburger Buchverlag

LILO
DOMINIK

AXEL
POPPI

Als Ravensburger Taschenbuch
Band 6207
erschienen 2000

Erstmals erschienen 1990
bei der hpt-Verlagsgesellschaft m. b. H. & Co. KG, Wien

Umschlagillustration: Ferenc B. Regös

Printed in Germany

Die Schreibweise entspricht den Regeln
der neuen Rechtschreibung.

2 3 4 5 6 06 05 04 03 02

ISBN 3-473-56207-6

www.ravensburger.de
www.thomasbrezina.com

Inhalt

DIE KNICKERBOCKER-BANDE

NAME: Axel Klingmeier
SPITZNAME: früher Schrumpfkopf und Gnomi
ALTER: fast 14 Jahre
STERNZEICHEN: Steinbock
COOL FINDE ICH: Sport
TOTAL UNCOOL: Langweiler, Oberlehrer, Wichtigtuer
LIEBLINGSSPEISE: Alles
BESONDERE KENNZEICHEN:
Bin früher oft verspottet worden, weil ich klein bin. Heute traut sich das keiner mehr.

NAME: Lieselotte (Lilo) Schroll
SPITZNAME: Superhirn
ALTER: fast 14 Jahre
STERNZEICHEN: Krebs
COOL FINDE ICH: Skifahren, Rafting, Krimis, starke Ideen und Mut
TOTAL UNCOOL: Feiglinge; Leute, die nicht lachen können; Trauerklöße
LIEBLINGSSPEISE: Chinesisches Essen
BESONDERE KENNZEICHEN: Habe zwei blonde Zöpfe, auf die ich besonders stolz bin.

NAME: Paula Monowitsch
SPITZNAME: Poppi (Paula finde ich einen Horrornamen)
ALTER: fast 10 Jahre
STERNZEICHEN: Fische
COOL FINDE ICH: meine Tiere, Tierschutz-Organisationen, Poster
TOTAL UNCOOL: Tierquäler; Leute, die behaupten, nie Angst zu haben
LIEBLINGSSPEISE: Fruchtsalat und Melonen, aber kein Fleisch
BESONDERE KENNZEICHEN: Ich besitze einen Minizoo mit zwei Hunden, einem Papagei, drei Katzen, Kaninchen, Goldfischen, Ratten und einem Weihnachtskarpfen, den ich vor der Pfanne gerettet habe.

NAME: Dominik Kascha
SPITZNAME: (verrate ich nicht)
ALTER: fast 11 Jahre
STERNZEICHEN: Waage
COOL FINDE ICH: Lesen, Rätsel, Leute mit Durchblick
TOTAL UNCOOL: Quatschköpfe, erhobene Zeigefinger, strenge Erwachsene
LIEBLINGSSPEISE: Spaghetti
BESONDERE KENNZEICHEN: Meine Eltern sind Schauspieler, und auch ich stehe bereits auf der Bühne und vor der Filmkamera.

DER NAME KNICKERBOCKER-BANDE ENTSTAND ...

☐ als Axel, Lilo, Poppi und Dominik von Lord Conrad of Knickerbocker ausgezeichnet wurden, weil sie seinen entlaufenen Mops gefunden hatten,

☐ **als Axel einen Weltrekord aufstellte und in 22 Knickerbocker-Hosen in nur 30 Sekunden Löcher gebissen hatte,**

☐ als Poppis Papagei zum ersten Mal ein Wort von sich gab und es sich nach „Knickerbocker" anhörte,

☐ **als die vier den Zeichenwettbewerb einer Lederhosenfirma gewannen und einander bei der Preisverleihung kennen lernten,**

☐ als Dominik der jüngste Student an der Knickerbocker-Universität wurde,

☐ **als Lieselotte endlich das Rätsel der jodelnden Knickerbocker-Hosen gelöst hatte,**

☐ als Axel, Lilo, Poppi und Dominik sieben entsprungene Knickerbocker-Hosen wieder eingefangen haben,

☐ **als der Song „Knickerbocker Kiss" in der Hitparade auf Platz 1 landete.**

Richtige Erklärung bitte ankreuzen. Die Lösung steht auf Seite 144.

Im Sturzflug

Der Motor des einmotorigen Sportflugzeugs stotterte und gab hustende Geräusche von sich.

„He … da stimmt was nicht!“, schrie Poppi Lieselotte ins Ohr, die neben ihr saß. Aber das Superhirn der Knickerbocker-Bande hörte ihr nicht zu. Lilo war viel zu sehr vom wuchernden Grün des Regenwaldes fasziniert, der sich unter ihnen erstreckte.

Die vier Knickerbocker flogen in ungefähr 1500 Meter Höhe über dem Dschungel dahin, dessen mächtige Bäume zu einem Teppich herrlicher Grüntöne verschmolzen. Unterbrochen wurde dieser nur durch einige breite Flüsse, die sich wie riesige braune oder blaue Schlangen durch den Wald zogen.

Poppis Verdacht bestätigte sich bereits wenige Sekunden später.

Mit dem Flugzeug war wirklich etwas nicht in Ordnung. Das Dröhnen des Propellers setzte mehrere Male aus und die Maschine sackte in diesen Augenblicken ab, als würde sie in ein Loch fallen.

„Was … was ist das?“, schrien Axel, Dominik und Lieselotte.

Duarte, wie der brasilianische Pilot hieß, antwortete ihnen nicht. Er umklammerte krampfhaft das Steuer und versuchte die Maschine hochzuziehen. Doch das Flugzeug gehorchte ihm nicht. So sehr er sich auch bemühte, die Nase der Maschine zeigte immer tiefer nach unten. Das Flugzeug stürzte ab!

Die vier Knickerbocker krallten sich an ihren Sitzen

fest und starrten mit weit aufgerissenen Augen zur Erde, auf die sie mit ungeheurem Tempo zurasten.

Duarte drückte ständig die Sprechfunktaste und versuchte mit einem Fluglotsen Kontakt aufzunehmen. „Mayday! Mayday!“, schrie er in das Mikrofon, das mit einem Bügel an seinen Kopfhörern befestigt war. Dass das der internationale Notruf im Funksprechverkehr war, brauchte man keinem der vier Freunde zu erklären.

Duarte hämmerte auf die Funktaste und schrie etwas auf Portugiesisch. Obwohl die Knickerbocker-Kumpel kein Wort verstanden, war ihnen klar, dass er ihre Position durchgeben wollte.

Mittlerweile war der Motor ganz verstummt. Das Flugzeug fiel wie ein Stein vom Himmel. Der Schock der Knickerbocker war so groß, dass sie nicht einmal schreien konnten. Der Himmel, der Regenwald und das Innere des kleinen Flugzeugs wurden für sie zu einem einzigen Schreckensstrudel, aus dem es kein Entrinnen gab. Keine Rettung war mehr möglich. Es war aus!

Duarte hatte Nerven aus Stahl. Hektisch drückte er verschiedene Knöpfe auf dem schwarzen Armaturenbrett und betätigte Schalter um Schalter. Die Anzeige des Höhenmessers zeigte an, dass das Flugzeug dem Boden immer näher kam.

Das Brausen der Luft steigerte sich zu einem grauenhaften Dröhnen. Die Herzen der Knickerbocker pochten vor irrsinniger Angst. Die ungeheure Macht- und Hilflosigkeit, die Axel, Lilo, Poppi und Dominik erlebten, raubte ihnen fast das Bewusstsein.

Duarte bückte sich und griff unter das Steuer. „Reiß

hier dran!“, trug er Axel auf und zeigte auf einen schwarzen Knopf am Armaturenbrett, der an einer dünnen Stange befestigt war. Axel hatte beobachtet, dass der Pilot mit diesem Knopf die Tourenzahl des Motors einstellen konnte.

Wie befohlen zerrte er daran und Duarte rüttelte gleichzeitig an einem Griff bei seinen Füßen.

Das Geräusch, das daraufhin ertönte, klang in den Ohren der Knickerbocker wie der heißeste Hit des Jahres. Der Motor gab wieder ein Lebenszeichen von sich. Ja, er schien sogar angesprungen zu sein! Der Propeller drehte sich und bald war an der Spitze des Flugzeugs die hellbraune Scheibe zu sehen, zu der die Propellerblätter bei hoher Drehgeschwindigkeit verschwammen.

Doch noch war der Sturzflug nicht gestoppt. Das Flugzeug raste – die Nase steil nach unten gerichtet – weiter auf den Regenwald zu. Duarte zitterte am ganzen Körper und Schweiß strömte über sein dunkles Gesicht. Er bemühte sich sehr, die Ruhe zu bewahren und richtig zu handeln: Abermals zog er mit aller Kraft das Steuer gegen seine Brust.

„Heb dich, Nase, heb dich!“, flehte Poppi, die ihr Gesicht bisher in Lilos Jackenärmel verborgen hatte, jetzt aber einen Blick riskierte.

Die Knickerbocker spürten, wie die Maschine langsam in die waagrechte Lage zurückkehrte. Der Absturz war verhindert worden. Das Flugzeug flog wieder. Ruhig, als wäre nichts gewesen, glitt es durch die Luft.

„Jipiiii!“, jubelten die vier, deren Kehlen vor Angst trocken und rau geworden waren.

Duarte sah allerdings keinen Grund zum Feiern. „Ruhe!“, brüllte er. „Ruhe! Wir müssen landen … in den nächsten fünf Minuten. Wir haben keinen Treibstoff mehr. Ich habe zum Glück einen Nottank eingebaut und ihn gerade noch öffnen können. Aber auch er ist fast leer.“

Augenblicklich kehrte Schweigen ein. Die Juniordetektive und der Pilot starrten aus den Fenstern. Wo sollten sie hier mitten im Regenwald, wo die Bäume ein dichtes Dach bildeten, aufsetzen?

Als letzter Ausweg blieb der Fluss, aber sie waren nicht in einem Wasserflugzeug unterwegs. Eine solche Landung konnte katastrophale Folgen haben. Die Wasseroberfläche war bei einem heftigen Aufprall so hart wie eine Betonplatte. Abgesehen davon wimmelte es in den Flüssen des Regenwaldes von Schlangen und Krokodilen.

Notlandung

„Dort … schaut doch! Dort!“, rief Dominik plötzlich.

Auf den ersten Blick konnten seine Kumpel nicht glauben, was er entdeckt hatte. Duarte nahm sogar seine Sonnenbrille ab, um ganz sicher zu gehen.

Unter ihnen war eine große hellbraune Lichtung zu erkennen.

Allerdings bestand kein Zweifel, dass es sich um keine natürliche Lichtung handelte. Sie war kreisrund, als hätte sie jemand mit einem Zirkel gezeichnet. Eine breite Schneise, die die Form eines Pfeils hatte, führte von ihr weg. Aus der Luft betrachtet, erinnerte die Lichtung an eine riesige Gaunerzinke, die jemand in den Regenwald geschlagen hatte. Ob der Pfeil etwas zu bedeuten hatte? Zeigte er auf etwas?

Duarte kreiste über dem rätselhaften Ort und prüfte den Boden, der trocken und völlig eben war. Wahrscheinlich waren nicht nur die Bäume gefällt, sondern auch alle Wurzelstöcke abgebrannt worden.

Auf diese Weise waren bereits große Teile des Regenwaldes in Ackerland umgewandelt worden, das sich dann aber oft als unfruchtbar erwiesen hatte und bald wieder brach und verlassen dalag. Doch wer hatte diese seltsame Form in den Wald geschlagen? Um darüber nachzudenken blieb keine Zeit.

„Zieht eure Sicherheitsgurte so fest wie möglich an!“, befahl der Pilot. „Wenn ich es euch sage, legt ihr den Kopf auf die Knie und schützt ihn mit den Armen. Ich weiß nicht, wie holprig der Boden da unten ist. Die

Landung wird vermutlich sehr hart werden. Hoffentlich habe ich genug Platz, um die Maschine zum Stehen zu bringen, sonst krachen wir in einen Baum. Falls das geschieht, Sicherheitsgurte sofort öffnen und nichts wie raus! Falls einer bewusstlos wird, muss er gleich aus dem Flugzeug gezogen werden. Es besteht höchste Explosionsgefahr! Und jetzt haltet die Daumen - das bringt vielleicht Glück!"

Die Juniordetektive schluckten. Das waren ja tolle Aussichten! Bei diesem Flug jagte ein Schreck den anderen. Kaum wiegten sie sich für einige Minuten in Sicherheit, geschah das nächste Unglück. Die Chance, die Notlandung heil zu überstehen, schien nicht allzu groß zu sein.

Duarte drehte über der seltsamen Lichtung einige enge Kurven. Er war noch etwa 50 Meter vom Boden entfernt und versuchte jedes Detail der Landestelle zu erkunden.

Ein großer Wurzelstock, der sich womöglich mitten auf der Piste befand, würde für die Passagiere den sicheren Tod bedeuten.

„Wir müssen es wagen!", brüllte der Pilot. „Runter mit den Köpfen!"

Das war leichter gesagt als getan. In der Maschine war kaum Platz. Axel, Lilo, Poppi und Dominik mussten einige Verrenkungen anstellen, um ihre Köpfe auf die Knie zu bekommen. Schützend legten sie die Arme darüber und flehten, dass alles klappen möge.

Das Dröhnen der Maschine wurde tiefer. Diesmal lag es aber daran, dass Duarte den Motor drosselte und im Steilflug auf die Lichtung zusteuerte. Er musste jeden Zentimeter ausnutzen und wollte deshalb so knapp wie möglich hinter den Bäumen aufsetzen. So blieb ihm eine längere Strecke zum Ausrollen.

Als sich die Maschine nur noch zwei Meter über der Erde befand, brachte sie der Pilot in waagrechte Position und stoppte gleichzeitig den Propeller. Der Motor verstummte, das Flugzeug sackte ab und in der nächsten Sekunde prallten seine Gummireifen auf den Boden.

Das Fahrgestell krachte und ächzte, als würde es auseinander brechen. Die Schweißnähte wurden auf eine harte Zerreißprobe gestellt, die sie unter lautem Quietschen und Knacken bestanden. Staubwolken stiegen auf und vernebelten die Sicht. Duarte war ausschließlich auf sein Feingefühl und seinen Orientierungssinn angewiesen, als das Flugzeug über die Lichtung auf die Pfeilschneise zuschoss.

Duarte klappte die Höhenruder voll auf und blockierte gleichzeitig die Räder.

Die Bäume, die am Ende des Landeplatzes standen, kamen schnell näher.

Es blieben nur noch ein paar Meter, um die Maschine zum Stillstand zu bringen.

Wie ein Gummiball hüpfte der Flieger über die Bodenunebenheiten, und seine Insassen wurden brutal durchgeschüttelt.

„Noooo!“, schrie Duarte, als er erkannte, dass er die Bremsung nicht unfallfrei schaffen würde.

Der Pilot riss das Steuer nach links. Ein Knirschen ertönte und darauf folgte ein heftiger Ruck. Die Maschine stand still.

Ein gefällter Baumstamm, der quer am Rande der Pfeilschneise lag, hatte sie endgültig gestoppt.

„Raus, kommt … wir müssen weg … sicher ist sicher!“, befahl Duarte und rüttelte die zusammengekauerten Knickerbocker. Mit zitternden Fingern lösten die vier die Verschlüsse der Sicherheitsgurte und ließen sich aus dem Flugzeug plumpsen. Heiße, sehr feuchte Luft schlug ihnen entgegen und erschwerte im ersten Augenblick das Atmen.

„Los … in Deckung!“, kommandierte der Pilot und zerrte Poppi und Axel am Arm. Er zog das geschockte Mädchen und den benommenen Jungen hinter sich her und schleppte sie aus der engen Schneise zu der kreisförmigen Lichtung.

Lilo und Dominik taumelten hinterher. Das blauweiß gestrichene Sportflugzeug ließen sie dabei nicht aus den Augen.

„Es könnte explodieren!“, erklärte Duarte. „Wir warten besser!“

„Gute … gute Landung!“, stieß Axel hervor und starrte den Mann mit glasigen Augen an. Er konnte gar nicht fassen, was er in der letzten halben Stunde alles erlebt hatte.

Der Pilot nickte. „Es war ein kleines Wunder. Viel hätte nicht gefehlt und wir wären in den Wald gekracht. Die Tragflächen wären abgebrochen, und dann gute Nacht!“, führte er der Bande das Schicksal vor Augen, dem sie gerade entgangen waren. „Von uns gäbe es nur mehr eine schwarze Rauchwolke!“

„Wo … wo sind wir hier?“, stammelte Dominik.

„Na wo schon, im brasilianischen Regenwald, du Dumm-Gummi!“, fuhr ihn das Oberhaupt der Knickerbocker-Bande an.

„Das weiß ich auch, du Zopf-Ziege!“, schnauzte der

Junge zurück. „Aber ich frage mich, was diese geheimnisvolle Lichtung zu bedeuten hat.“

Auf diese Frage wusste keiner eine Antwort.

Duarte meinte verwundert: „Sie muss vor nicht allzu langer Zeit geschlagen worden sein. Aber bis heute ist sie mir nicht aufgefallen. Dabei habe ich dieses Gebiet öfter überflogen.“

Axel räusperte sich und sagte: „Möglicherweise ist die Lichtung aus großer Höhe nicht so gut zu erkennen. Heute warst du doch besonders tief!“

Der Pilot schwieg.

„Warum hat eigentlich der Motor ausgesetzt?“, piepste Poppi.

Duarte wischte sich den Schweiß vom Gesicht und brummte: „Das würde ich auch gern wissen. Beim Start hatten wir genug Treibstoff. Plötzlich war er aber alle. Außerdem ist der Sprechfunk abgerissen. Warum? Ich weiß es nicht. Das Höhenruder hat ohne erkennbaren Grund geklemmt und war eine Zeit lang nicht zu betätigen. Auf einmal ließ es sich dann wieder steuern. Das soll einer verstehen …“

Dominik blickte den Brasilianer entsetzt an: „Hast du gerade gesagt, dass die Funkverbindung abgerissen ist?“

Duarte nickte.

„Bedeutet das, du konntest den Notruf und die Position der Notlandung nicht mehr an eine Flugwarte durchgeben?“

Mit ernstem Gesicht nickte Duarte abermals. „So ist es. Keiner weiß, wo wir sind.“

„Das heißt, dass uns auch keiner suchen kann“, murmelte Lieselotte.

Die Knickerbocker-Bande und der Pilot waren für den Rest der Welt verschollen. Spurlos im Dschungel verschollen!

Duartes Entdeckung

Dieser Gedanke schien den Juniordetektiven die letzten Kräfte aus den Muskeln zu saugen. Verzweifelt und entmutigt ließen sie sich auf den Boden sinken.

„Vorsicht!“, warnte sie Duarte. „Seht immer zuerst nach, ob ihr euch nicht auf eine Schlange setzt. Hier im Urwald gibt es viele davon und die meisten sind giftig.“

Wie von einer glühenden Nadel gestochen, sausten die vier Freunde hoch und suchten verschreckt den Boden ab.

„Entwarnung!“, sagte Axel schließlich. „Hier ist keine Schlange.“

Trotzdem hielt es die Bande für sicherer, einen der gefällten Baumstämme, die am Rand der Lichtung lagen, in die Mitte des Platzes zu ziehen und sich darauf zu setzen. Duarte marschierte vor ihnen auf und ab und bearbeitete dabei nachdenklich sein Kinn.

„Was … was machen wir jetzt?“, fragte Lieselotte zaghaft.

Der Pilot schwieg.

„Wie weit ist es bis zur nächsten Siedlung?“, wollte Dominik wissen.

Duarte schien ihnen gar nicht zuzuhören.

„Hier muss es doch irgendwo Menschen geben. Dieser seltsame Platz wurde doch von Menschen angelegt!“, meinte Axel.

„Der Pfeil“, rief Dominik. „Er könnte in die Richtung weisen, die wir einschlagen sollen, um auf Ansiedlungen zu stoßen!“

Lilo verdrehte die Augen und schnaubte: „Quatsch nicht so hochgestochen, Professor!“

„Ich rede so, wie es mir gefällt. Und statt dich über meine Sprechweise aufzuregen, solltest du besser meine Idee aufnehmen und fortsetzen!“, riet ihr Dominik und rückte seine Brille zurecht.

Duarte stapfte zum Flugzeug. Er rüttelte an den Tragflächen und suchte sie Zentimeter für Zentimeter ab. Danach kroch er in die Kabine. Als er zurückkehrte, war sein Gesichtsausdruck mehr als ernst. „Es hat jemand Löcher in die Tragflächen gebohrt!“

Die Knickerbocker wussten nicht, was das zu bedeuten hatte.

„In den Tragflächen ist der Tank des Flugzeugs untergebracht. So haben wir also den größten Teil des Treibstoffes verloren“, erklärte Duarte. „Außerdem wurde ein Zeitschalter im Funkgerät eingebaut. Der hat es um Punkt 15 Uhr durch einen starken Stromstoß zerstört. Wir können also weder starten noch funken!“

„Aber … das heißt, jemand will, dass wir im Dschungel verschwinden!“, meinte Lieselotte leise.

Der Pilot gab ihr Recht.

„Aber warum? Hast du etwas Wertvolles an Bord? Rede schon, verheimlichst du uns etwas?“, fuhr ihn das Superhirn an.

Duarte starrte sie entgeistert an. „Ich??? Nein! Wie kommt ihr denn auf diese Idee? Ich bin Pilot, sonst nichts. Eure Eltern haben euch einen Rundflug über den Regenwald spendiert und den habt ihr auch bekommen“, verteidigte er sich.

Den Besuch in Brasilien verdankten die Knickerbocker Poppis Vater, der wieder einmal auf einer Forschungsreise war. Er hatte nicht nur seine Familie, sondern auch die Freunde seiner Tochter mitgenommen.

Das Ziel der Reise war ein winziger Ort am Amazonas, in dem sich absolut nichts abspielte. Außer mehreren Forschungsstationen, die sich mit der Abholzung des Regenwaldes beschäftigten, gab es hier nichts. Daher war die Freude der Bande groß gewesen, als Herr Monowitsch den Flug über den Regenwald gebucht hatte. Er sollte ein wenig Abwechslung in die eher eintönigen Ferien bringen.

Duarte hatte sich als Pilot angeboten. Er sprach fließend Deutsch, da sein Vater aus Deutschland nach Brasilien gekommen war und er als Kind sowohl die Landessprache Portugiesisch als auch die Muttersprache seines Vaters erlernt hatte.

Auf der rätselhaften Lichtung war tiefes Schweigen eingekehrt. Die Juniordetektive musterten die hohen Baumstämme, die sich um den kreisrunden Platz erhoben, und ließen ihre Blicke in die pfeilförmige Schneise schweifen. Was verbarg sich wohl im Wald? Wie sollten sie je wieder von hier fortkommen? Von der Ansiedlung der Forscher waren sie mindestens 700 Kilometer entfernt. Eine Strecke, für die sie selbst auf guten Landstraßen viele Tage brauchen würden. An die zahllosen Gefahren des Urwaldes wollten sie gar nicht denken.

„Was … was jetzt?“, fragte Lieselotte.

Duarte setzte sich zu ihnen auf den Baumstamm und ließ sein dunkles Gesicht mit dem schwarzen Stoppelbart in die Hände sinken. Er strich sich mehrere Male über das schweißnasse Haar und meinte schließlich: „Bereitet euch auf eure erste Nacht im Dschungel vor.“

Poppi, die wirklich eine große Tierfreundin war, geriet in Panik. „Aber hier wimmelt es doch von Jaguaren und Pumas … die werden uns anfallen!“, schrie sie. „Außerdem gibt es viele Insekten, die gefährliche Krankheiten übertragen, und … und … wir werden verdursten. Wir haben kein Wasser mit … und verhungern werden wir auch …“

„Ruhig, Poppi, reg dich ab, es bringt nichts, wenn du ausflippst!“, versuchte Lieselotte das jüngste Mitglied der Bande zu beschwichtigen. Schluchzend klammerte sich Poppi an ihre Freundin. Es war alles so aussichtslos!

Axel, Dominik und Lilo schluckten heftig. Sie hätten auch am liebsten losgeheult. Vor ihren Augen tauchte das Schreckensbild auf, nie mehr aus dem Dschungel zu finden und hier umzukommen.

Duarte fingerte in den Taschen seines khakifarbenen Hemdes und durchwühlte seine Hosentaschen. Die Ausbeute war nicht groß: ein Feuerzeug, ein Taschenmesser, ein paar Kaugummis und ein Kugelschreiber, in dessen hinteres Ende ein winziger Kompass eingelassen war. „Poppi, keine Angst, du wirst nicht gleich verhungern!“, meinte der Mann.

Die Worte „nicht gleich“ waren für die Juniordetektive schlimmer als ein Peitschenschlag, bedeuteten sie doch, dass sie hier bald zugrunde gehen würden.

Als Duarte die entsetzten Gesichter bemerkte, verbesserte er sich: „Ich wollte sagen, ich habe immer etwas Essbares und einen Kanister mit Wasser in meinem Flugzeug. Die Vorräte reichen für zwei Tage, wenn wir sie gut einteilen. In zwei Tagen kann viel geschehen. Da können wir auch gefunden werden“, versuchte er den vier Freunden Hoffnung zu machen. „Und die wilden

Tiere halten wir uns mit einem Feuer vom Leibe. Holz gibt es genug. Wir werden in der Mitte der Lichtung Holz aufschichten und es anzünden. Feuer schreckt Raubtiere ab“, versprach der Brasilianer. „Falls ein Flugzeug in der Nacht das Gebiet überfliegt, können wir mit Hilfe einer Decke auch SOS-Lichtzeichen geben. Übrigens können zwei von euch im Flugzeug übernachten.“

Poppi nickte dankbar. Das war wenigstens etwas.

„Los, kommt! Helft mir Holz zu sammeln. Aber achtet auf jeden Schritt!“, sagte Duarte warnend.

Als er sich erhob, packte ihn Axel, der neben ihm saß, am Arm. „Pssst … dort … dort zwischen den Büschen … da ist jemand … mit bunten, langen Federn auf dem Kopf!“

Die Knickerbocker und der Pilot schossen hoch und starrten in die Richtung, in die Axel zeigte.

„Ich sehe nichts!“, meldete Dominik.

„Ich auch nicht!“, verkündete Lieselotte, deren Stimme ungewohnt mutlos und schwach klang.

Poppi schwieg und ließ sich wieder auf den Baumstamm sinken.

Duarte fuhr Axel tröstend durch das strubbelige schwarze Haar. „Das war sicher nur ein Papagei, ein bunter Papagei!“, sagte er seufzend.

Axel wurde rot vor Wut. „Ihr blöden Stinker, ich kann doch noch einen Papagei von einem Menschen unterscheiden. Der Typ hatte Federn auf dem Kopf. Sie haben wie eine Krone ausgesehen, nicht wie ein Indianer-Kopfschmuck. Der Kerl ist kurz aufgetaucht, und als ich ihn angeschaut habe, ist er sofort in Deckung gegangen!“

Duarte gab der Bande ein Zeichen, sich ruhig zu verhalten, und schlich geduckt zu der Stelle, an der Axel den Unbekannten gesehen haben wollte. Der Pilot hob einen Holzprügel vom Boden auf und schlug damit auf das Gebüsch ein, hinter dem er den Mann vermutete. Kopfschüttelnd kam er zurück. „Da ist keiner und da war auch keiner!“, sagte er.

Axel holte lautstark Luft. Er hasste es, wenn ihm keiner glaubte.

Eine halbe Stunde später loderte ein hohes Feuer inmitten der Rodung. Zum Schutz hatten die vier Freunde große Steine rund um die Feuerstelle gelegt, damit sich die Flammen nicht ausbreiten und womöglich den Holznachschub entzünden konnten.

Gierig nahm jeder einen kräftigen Schluck aus der Wasserflasche.

„Mehr!“, bettelte Axel, aber Duarte blieb hart. „Wir müssen das Wasser einteilen!“

Durch den Schock und die Anstrengung des Holzsammelns waren die Juniordetektive äußerst durstig geworden. Ein Schluck Wasser war wie der berühmte Tropfen auf den heißen Stein. Hunger verspürten sie hingegen keinen.

„Wann wird es dunkel?“, erkundigte sich Axel.

„Gegen zwanzig Uhr, also in ungefähr vier Stunden!“, antwortete der Pilot. Er wischte sich immer wieder unruhig über seine schmierige Hose und schien mit sich zu kämpfen.

„Ist was?“, wollte Lieselotte wissen. Sie warf dem Mann einen misstrauischen Blick zu. Was hatte er?

Duarte grinste verlegen und schüttelte den Kopf. „Nein, nichts!“, stieß er hervor, erhob sich und schlenderte zum Flugzeug.

Lieselotte wurde unruhig und folgte ihm. „Duarte … was hast du? Dir ist etwas eingefallen, nicht wahr?“

Der Pilot beugte sich zu dem Mädchen und flüsterte: „Los, tu so, als würdest du mit mir im Flugzeug etwas suchen. Die anderen sollen nichts bemerken.“

Lilo öffnete gehorsam die rechte Einstiegsluke, Duarte beugte sich durch die linke. Auf diese Weise konnten die beiden miteinander reden, ohne dass der Rest der Bande etwas davon mitbekam.

„Erst gestern hat mir jemand vom Flugplatz erzählt, dass in dieser Gegend bereits mehrere Flugzeuge verschwunden sind. Zwei spurlos. Es wurde nach ihnen gesucht, aber keines wurde gefunden. Und die Piloten hatten keinen Notruf ausgesandt. Sie sind samt ihren Fluggästen im Dschungel verschollen.

Zwei andere Maschinen sind Tage nach ihrem Abflug weit von ihrem Ziel entfernt auf einem Flugplatz gelandet. Die Piloten standen unter Drogen, die sie aber nicht freiwillig genommen hatten. Ihre Passagiere waren verschwunden. Sie selbst konnten sich an nichts erinnern und waren noch mehrere Tage sehr verwirrt."

Lieselotte spürte, wie das Blut aus ihrem Kopf wich. „Wieso … wieso erzählst du mir das alles?", fragte sie. „Ich … ich … komme ohnehin schon um vor Angst. Duarte … was … was sollen wir machen?"

Der Mann legte ihr beruhigend eine seiner großen, kräftigen Hände auf den Arm. „Du hast mich gefragt und ich habe dir geantwortet", meinte er entschuldigend. „Glaubst du, ich fürchte mich nicht? Das ist für mich der größte Albtraum, der Wirklichkeit werden konnte."

„Lilo, ist was?", rief Axel von der Feuerstelle. Das Mädchen kroch aus dem Flugzeug und verneinte.

Duarte kramte eine Mehrzweckschaufel unter seinem Sitz hervor, die man auch als Säge und als Hammer verwenden konnte. „Ich versuche ein Stückchen in den Wald zu gehen … In die Richtung, in die der Pfeil zeigt", sagte er. „Keine Sorge, ich bleibe in der Nähe."

Mit diesen Worten entfernte sich der Pilot. Die Schaufel verwendete er wie ein Buschmesser. Er schwang sie vor sich hin und her und bahnte sich so einen Weg durch das Dickicht. Gleichzeitig sollten dadurch auch die Schlangen vertrieben werden.

Lieselotte kehrte zu ihren Freunden zurück. Stumm starrten Poppi und Dominik ins Feuer. Axel hatte die Stelle am Waldrand fixiert, an der er den rätselhaften Unbekannten erblickt hatte. Er wollte ihn nicht verpassen, falls er wieder erschien. Lieselotte lief unruhig auf und ab. Sie hoffte auf Rettung, wusste aber, dass die Chancen mehr als schlecht standen.

Mit den Worten „Da bin ich wieder!“, meldete sich Duarte zurück.

„Und? Hast du etwas entdeckt?“ Gespannt blickten ihn die vier an.

Der Pilot nickte. „Ich kann nicht beurteilen, ob es etwas Gutes oder etwas Schlechtes zu bedeuten hat“, begann er. Langsam und möglichst schonend brachte er dann Axel, Poppi und Dominik die Geschichte der anderen verschwundenen Flugzeuge bei.

„Die beiden Maschinen, die nicht mehr aufgetaucht sind, befinden sich hier im Wald“, berichtete er. „Sie wurden mit grünen Planen abgedeckt und sind deshalb so gut wie unsichtbar. Die Flugzeuge scheinen ebenfalls hier gelandet zu sein. Nur ein paar Meter von meinem Flugzeug entfernt sind die Maschinen in den Wald geschoben worden. Sie machen einen intakten Eindruck. Die Funkgeräte sind allerdings ausgebaut. Piloten, Fluggäste und alle nur irgendwie brauchbaren Sachen sind weggebracht worden.“

Die Frage war, von wem?

„Das ist aber noch nicht alles“, setzte Duarte fort. „Ich weiß jetzt, wieso mir diese seltsame Lichtung noch nie aufgefallen ist.“

Die Knickerbocker-Freunde horchten auf.

„Weil sie normalerweise abgedeckt wird. Mit grünen

Tarnnetzen. Die Netze liegen bei den Flugzeugen, die ich gefunden habe. Sie sind zu großen Ballen zusammengerollt."

Lieselotte murmelte: „Das hört sich alles nach Profis an, die Flugzeuge ... abfangen. Aber wozu haben sie uns runtergeholt?"

„Ich nehme an, wir werden diese Profis bald kennen lernen", sagte Duarte trocken.

Die Ungewissheit, in der sich die Knickerbocker-Bande befand, war schlimmer als jede Folter.

In den folgenden Stunden schreckten die vier bei jedem Vogelschrei, Knacken eines Astes oder Rascheln eines Blatts auf und hielten ängstlich nach denjenigen Ausschau, die sie in diese Falle gelockt hatten. Aber sie ließen sich nicht blicken.

Noch nicht!

Unsichtbare Augen

Die Nacht brach an. Poppi und Dominik nahmen dankbar das Angebot ihrer Freunde an, die Plätze im Flugzeug zum Schlafen zu benutzen. Axel und Lieselotte versuchten es sich auf einer schmutzigen Decke halbwegs bequem zu machen. Duarte würde Wache halten.

Es dauerte lange, bis das Superhirn und der Junge in einen nicht sehr tiefen Schlaf versanken. Kurz vor Mitternacht spürte Lieselotte an ihrem Arm etwas Kaltes. Sie versuchte es wegzuwischen und ertastete einen langen, dünnen Körper. Eine Schlange!, zuckte es dem Mädchen durch den Kopf. Entsetzt stieß es das Tier von sich und wollte sich wegrollen, aber die Schlange hatte sich bereits um sie geschlungen.

Es handelte sich um eine Würgeschlange, die ihre Beute zu erdrücken pflegte. „Hi… Hilfe!", keuchte das Superhirn und warf sich hin und her. Keine Chance! Die Schlange ließ sich nicht mehr abschütteln. Sie hatte Lilo so geschickt umwickelt, dass es kein Entkommen gab. Der muskulöse Schlangenkörper wird bei einem Angriff hart wie Stahl.

In letzter Not riss Lieselotte den Mund weit auf und biss die Schlange mit aller Kraft. Ein hoher Schrei ertönte und … das Mädchen erwachte.

Lilo hatte einen Albtraum gehabt.

In Wirklichkeit war Poppi zu ihr gekommen und hatte sich an sie gekuschelt. Einen Arm hatte sie Schutz suchend um Lilo gelegt. Jammernd rieb sich das jüngste Mitglied der Bande die schmerzende Stelle.

„Auaaaa! Wieso hast du das gemacht?“, beschwerte sich Poppi.

„Entschuldigung … ich … ich habe dich für eine Schlange gehalten!“, stammelte das Superhirn.

Auch Dominik war zu seinen Freunden zurückgekehrt. „Im Flugzeug ist es so heiß, wir haben keine Luft gekriegt!“, erzählte Poppi leise.

„Duarte, was … was tut sich?“, fragte Lilo den Piloten. Sie erhielt keine Antwort. Der Mann war eingeschlafen. Er lag mit dem Kopf auf dem Baumstamm und atmete schwer.

Die vier Knickerbocker-Freunde fassten einander an den Händen und hielten die Luft an. Sie lauschten und versuchten herauszufinden, ob sich rund um sie etwas Verdächtiges tat. Waren die unbekannten Ganoven, die den Absturz wahrscheinlich verursacht hatten, bereits in der Nähe?

Das Feuer prasselte und knisterte. Aus dem dichten Grün des Dschungels drangen vereinzelte Vogelschreie. In den Baumkronen knackten da und dort Zweige, weil vielleicht ein Faultier seine Wanderung im Zeitlupentempo fortsetzte.

„Ko… kommen wir je von hier weg?“, fragte Poppi leise.

„Jaja, bestimmt, das spüre ich!“, log Lieselotte.

„Ich habe solchen Durst, ich halte es nicht mehr aus!“, keuchte Axel. „Glaubt ihr, ich darf mir Wasser aus der Flasche nehmen?“

Dominik war nicht einverstanden. „Du musst Duarte fragen. Außerdem will ich dann auch etwas trinken!“

„Quatsch, wir trinken jetzt einfach!“, keuchte Axel, dessen Zunge am Gaumen klebte. Er rappelte sich auf und knipste seine Taschenlampe an. Langsam und zögernd begann er zum Flugzeug zu stolpern, wo der Pilot die Wasserflasche und die Tasche mit Konservendosen aufbewahrte.

Kaum hatte er einige Schritte gemacht, setzte rund um ihn ein heftiges Rascheln ein. Axel blieb wie angewurzelt stehen und leuchtete das Buschwerk am Rande der Lichtung ab. Dort bewegte sich doch etwas! Der Lichtkreis glitt über die Blätter und Äste, fiel aber weder auf ein Tier noch auf ein menschliches Wesen. Der Junge atmete einige Male tief durch und setzte seinen Weg fort.

Augenblicklich begann wieder die Bewegung in den Büschen. Als er abermals stehen blieb, verstummten auch die Geräusche. Axel war krank vor Angst. Er konnte sich kaum auf den Beinen halten. Sein Magen schmerzte und seine Arme schienen keine Muskeln mehr zu haben. Wer lauerte im Gebüsch? Ein Raubtier, das sich an ihn heranpirschte, oder ein Mensch? Der Junge hatte das Gefühl, von mindestens hundert Augen beobachtet zu werden.

„Nein, nur zurück zu den anderen!“ Er musste alle Kraftreserven aufbieten, um sich umzudrehen. Geschockt zuckte er zusammen. Seine drei Freunde und Duarte waren nicht mehr allein. Etwa ein Dutzend Männer, die nur mit Arm- und Schulterpanzern aus Leder und Lendenschurzen bekleidet waren und hohe Federkronen trugen, hatten sie umstellt. Jede der Gestalten hielt ein Blasrohr auf die Knickerbocker-Freunde gerichtet. In der anderen Hand hatten sie Fackeln, die aber nicht entzündet waren. Die Männer mussten sich hinter Axels Rücken an seine Kumpel herangeschlichen und sie umringt haben. Der Junge kämpfte mit sich. Sollte er sich auch in die Hände dieser Männer begeben oder vielleicht die Flucht ergreifen und später versuchen, seine Freunde zu befreien?

Die Entscheidung wurde ihm abgenommen. Hinter den Büschen, in denen er das Rascheln gehört hatte, waren ebenfalls Krieger aufgetaucht, die lange Lanzen auf ihn richteten und ihn zum Lagerfeuer zurückdrängten. Der flackernde Lichtschein ließ die harten, versteinerten Gesichtszüge der Männer noch bedrohlicher und undurchschaubarer erscheinen. Wer waren und was wollten sie? Hatten sie etwas mit dem Flugzeugabsturz zu tun?

Aus der Gruppe der Männer trat ein Krieger hervor, der in ein Jaguarfell gehüllt war und auf dessen Kopf ein hoher Kopfschmuck aus Knochen, einem Jaguarkopf und langen, wehenden schwarzen Federn thronte. Er musterte die vier Knickerbocker von den verdreckten Turnschuhen bis zu den zerstrubbelten Haaren. Ängstlich drängten sie sich zusammen und versuchten sich so klein wie möglich zu machen.

„Willkommen im Namen von Atalpacoa! Er begrüßt euch in seinem Reich und erwartet euch morgen zur Stunde der untergehenden Sonne!“

Axel, Lilo, Poppi und Dominik trauten ihren Ohren nicht. Der Mann, der wie ein Eingeborener aussah, sprach ihre Sprache. Sogar ohne Akzent! Sie schienen also wirklich erwartet worden zu sein. Aber wer war Atalpacoa?

„Ihr kommt mit!“, befahl der Mann im Jaguargewand.

Als die Juniordetektive zögerten, meinte Duarte:

„Tut, was er sagt. Wir haben keine andere Wahl. Los, macht schon!"

Die Männer hielten ihre Fackeln ins Feuer und entflammten sie. Nach und nach wurde es auf der Lichtung heller. Die Krieger nahmen die Knickerbocker und den Piloten in ihre Mitte und setzten sich in Bewegung. „Sind das … Eingeborene?", zischte Lieselotte Duarte zu.

Der Mann hatte den Blick zu Boden gerichtet und schüttelte leicht den Kopf. „Nein, ich weiß nicht, wer sie sind. Die Männer sind wie Azteken gekleidet. Das war ein sehr kriegerisches, ziemlich blutrünstiges Volk, das bis vor fünfhundert Jahren in Mexiko lebte."

Axel glaubte, nicht recht gehört zu haben. „Vor fünfhundert Jahren? Wieso gibt es die dann noch immer? Und was machen sie in Brasilien?"

Der Krieger im Jaguarfell drehte sich zu den Gefangenen um und herrschte sie an, ruhig zu sein. „Reden ist euch nicht erlaubt!", schärfte er ihnen ein.

„Wohin bringen Sie uns?", fragte Axel trotzdem.

„Ihr werdet es erfahren, wenn die Zeit dafür gekommen ist! Aber jetzt kein weiteres Wort mehr!"

Stumm marschierten sie mit den Kriegern in die pfeilförmige Schneise und von dort in den Regenwald. Die Männer waren mit der Umgebung sehr vertraut. Sie gingen in die Richtung, in die der Pfeil zeigte, schoben das Buschwerk zur Seite und legten einen schmalen Trampelpfad frei. Er führte zu einem breiten Fluss, dessen Oberfläche von unzähligen winzigen grünen Blättern bedeckt war. Am Ufer lagen fünf Kanus vertäut, die die Männer bestiegen.

Die Knickerbocker und Duarte wurden voneinander

getrennt. Jeder musste in einem anderen Boot Platz nehmen. Wortlos nahmen die Krieger die Paddel zur Hand und tauchten sie ins Wasser. Wie eine Lichterprozession setzten sich die Kanus in Bewegung.

Nach etwa zehn Minuten Fahrt hielt das letzte Kanu, in dem Dominik hockte. Zwei Männer packten ihn und hoben den Jungen in die Luft. Sie schwenken ihn aus dem Kanu über den Fluss. Dominik schrie auf.

Die Männer wollten ihn ins Wasser werfen und an die Tiere verfüttern! Von seinen Freunden konnte er keine Hilfe erwarten. Die anderen vier Boote waren nämlich hinter der Biegung, die der Fluss machte, verschwunden. Der Junge strampelte und bettelte: „Nein, bitte nicht!“

Das Reich des Atalpacoa

Dominik strampelte, wimmerte und flehte um Gnade. Seine Füße kamen dem Wasser immer näher und näher. „Nicht!“, kreischte der Junge so laut, dass sich seine Stimme überschlug und er keinen Ton mehr herausbrachte. Die Kämpfer zögerten nicht, sondern ließen ihn kurzerhand fallen. Dominik plumpste nach unten und … saß auf dem Trockenen. Zuerst konnte er es nicht fassen. Er saß auf einer kühlen glatten Fläche.

Bevor die Krieger weiterpaddelten, hielten sie ihre Fackeln hoch und erhellten damit die Umgebung. Der Knickerbocker kauerte auf einer kleinen grünen Insel. Es handelte sich um ein riesiges Blatt, auf dem er sogar ausgestreckt liegen konnte. Der Rand war aufgebogen und bot Schutz vor dem Wasser.

„Warum lasst ihr mich hier?“, krächzte der Juniordetektiv, bevor das Kanu weiterfuhr.

Antwort erhielt er keine.

Dominik fühlte sich wie ein Frosch. Er krabbelte in die Mitte des Blattes, zog die Beine fest an die Brust und presste seinen Kopf dagegen. Rund um ihn herrschte Finsternis. Er begann hemmungslos zu schluchzen.

Weg, er wollte weit weg von hier, nach Hause in sein Bett! Er hatte alle Abenteuer satt. Dabei hatte sich die Bande diesmal nirgendwo eingemischt. Es sah vielmehr danach aus, als hätte sie jemand absichtlich in den Dschungel gelockt!

Seinen Kumpeln erging es nicht besser. Auch Lieselotte, Axel und Poppi wurden auf riesigen Blättern ausgesetzt, die zu einer Seerosenart gehören mussten. Die Einsamkeit, die die Knickerbocker-Freunde jetzt verspürten, war schlimmer als jeder Schmerz. Sie saßen auf einem Fluss, in dem es bestimmt von gefährlichen Tieren nur so wimmelte.

Poppi erinnerte sich daran, dass es in den Nebenarmen des Amazonas viele Piranhas geben sollte, die in Schwärmen jagen und ihre Beute in kürzester Zeit bis auf das Skelett abfressen. Axel dachte an Krokodile, und Lieselotte ging der Schlangenalbtraum durch den Kopf. Falls die Männer jeden Fluchtversuch der Bande verhindern wollten, dann hatten sie das geschafft. Sollten die Juniordetektive auf den schwimmenden Blättern ihr Ende finden?

An Schlaf war für den Rest der Nacht nicht mehr zu denken. Die vier Knickerbocker hockten jeder auf seiner Insel und starrten in die Dunkelheit. Das leiseste Plätschern und jede Welle versetzten sie in Panik. Dazu kam quälender Durst und Hunger. Die vier wurden von Stunde zu Stunde mutloser.

Schließlich brach der Morgen an und die Sonne erhob sich über die hohen Baumwipfel. Die Knickerbocker mussten feststellen, dass der Fluss mindestens zwanzig Meter breit war und es keine Möglichkeit gab, von den Blättern ans Ufer zu gelangen. Schwimmen wäre viel zu gefährlich gewesen.

Lieselotte fasste Mut und formte die Hände vor dem Mund zu einem Trichter. „Hallo, hört ihr mich?“, rief sie über den Fluss. Die Antwort war ein heftiges Plätschern. Das Mädchen zuckte erschrocken zusammen: Ein braunes, haariges Tier schwamm in unmittelbarer

Nähe an ihr vorüber. Es hatte einen länglichen Kopf, der entfernt an einen Biber erinnerte, und kleine Ohren. Sein Körper war von einem drahtigen, rötlich braunen Fell bedeckt. Lieselotte hatte dieses Tier schon irgendwo gesehen. Sie erinnerte sich, dass Dominik ihr ein Bild davon gezeigt hatte. Es handelte sich wahrscheinlich um ein Wasserschwein. Die mit dem Meerschweinchen verwandten Tiere waren die größten Nager der Welt – doch zum Glück völlig harmlos!

„Lieselotte, hier ist Axel!“, meldete sich ihr Kumpel, der irgendwo flussaufwärts sein musste. Aus noch größerer Entfernung kam Poppis Stimme. Dominik gab flussabwärts ein Lebenszeichen von sich.

„Was sollen wir machen?“, schrie Axel.

Lieselotte rief: „Warten! Sonst fällt mir auch nichts ein!“

Das Superhirn zermarterte sich den Kopf: Die Krieger hatten gewusst, warum sie die vier mitten auf dem Fluss ausgesetzt hatten. Eine Flucht war unmöglich. Verdammt! Was hatten sie mit ihnen vor? Lilo konnte ihre Tränen kaum zurückhalten.

Die Stunden verstrichen. Je höher die Sonne stieg, desto heißer wurde es. Die Insekten suchten summend nach Nahrung und umschwirrten die Knickerbocker gierig.

Dass sie kein Trinkwasser hatten, machte den vier Freunden schwer zu schaffen. Immer wieder warfen sie flehende Blicke auf das Wasser rings um sie. Es war so nahe, aber trotzdem wagten sie nicht, davon zu trinken. Die Bakterien, die sich darin tummelten, hätten ihren sicheren Tod bedeutet.

Bald lagen Dominik und Axel keuchend auf dem

Bauch, Arme und Beine von sich gestreckt. Wasser, Wasser!, war ihr einziger Gedanke. Poppi versuchte krampfhaft, an etwas Schönes zu denken, damit sie nicht durchdrehte, doch das wollte ihr nicht gelingen. Lieselotte wiederum setzte alles daran, eine einzige brauchbare Idee zu entwickeln. Aber ohne Erfolg.

Als die Mittagshitze ihren Höhepunkt erreicht hatte, wurde rhythmisches Platschen hörbar. Die Kanus kehrten zurück. Die farbenprächtigen Krieger holten die vier Juniordetektive wortlos von ihren grünen Gefängnissen und zogen sie in die Kanus. Anschließend paddelten sie den Fluss aufwärts, bis sie zu einer Anlegestelle gelangten, die aus großen Steinen gefertigt war. Dort vertäuten sie die Boote und zerrten die Knickerbocker an Land. Zum Gehen waren alle vier zu schwach. Deshalb wurden sie an den Schultern und an den Füßen gepackt und in die Höhe gestemmt.

Über ihren Köpfen trugen die Krieger die Freunde durch den Dschungel. Matt und wehrlos starrten die Knickerbocker nach oben in die Baumkronen. Erst als sie viele Menschen singen hörten, versuchte Lieselotte den Kopf zu heben und zu sehen, wo sie hingebracht wurden.

Träumte sie oder befand sie sich in einem Film? Vor ihr erhob sich ein riesiges Bauwerk aus hellem Stein. Hunderte breite Stufen führten zu einer Plattform, auf der links und rechts Pyramiden standen. Allerdings fehlten diesen Pyramiden die Spitzen. Dafür hatten sie hohe, breite Tore, die von weißen Masken umrahmt wurden. Als sie näher kamen, erkannte Lilo, dass es sich nicht um Masken, sondern um Tierschädel handelte. Es waren Totenköpfe von Raubtieren, Rindern und … Nein, das konnte nicht sein! Lilo riss die Augen weit auf. Waren da etwa auch menschliche Schädel?

„Ihr dürft jetzt eure unwürdigen Füße in das Reich des mächtigen Atalpacoa setzen!“, verkündete die Stimme, die auch in der Nacht zu ihnen gesprochen hatte. „Der mächtige Atalpacoa wird bald zu euch sprechen und über eure Zukunft entscheiden!“

Durst

Die vier entkräfteten Abenteurer wurden die Treppen hinaufgetragen und auf den Boden gesetzt. Fassungslos blickten sie sich um. Sie waren von mindestens hundert Männern umringt, die mit Tierfellen und bemalten Lederstücken bekleidet waren. Einige trugen dicke Ketten aus Gold mit Amuletten aus Zähnen um den Hals. Alle hatten Lederhelme und Federn auf dem Kopf. Die Frauen im Hintergrund steckten in einfachen langen Kleidern aus hellem, weichem Leder und blickten die vier Knickerbocker neugierig an.

Vor ihnen im Steinboden sahen sie ein großes Loch. Vier in den Stein geritzte Pfeile führten von ihm weg. Lilo fiel auf, dass jeder dieser Pfeile auf einen Knickerbocker zeigte.

Aus der Tiefe des Lochs kam lautes Donnern und dumpfes Poltern. Der Jaguarkrieger stieß einen hohen singenden Schrei aus und hob die Hände. Gleich darauf warf er sich auf die Knie und presste seine Stirn auf den Boden. Alle anderen drehten sich zur rechten Pyramide und taten dasselbe.

Müde beobachteten die Juniordetektive, was dort im Gange war. Sie sahen einen goldenen Thron, der von kräftigen Kriegern aus dem Gebäude getragen wurde. Auf dem Thron saß in gebieterischer Körperhaltung ein dicklicher, sehr großer Mann. Auf seinem Kopf prangte der vergoldete Schädel eines Raubvogels. Prächtige Federn schmückten seinen Kopf, seinen Rücken und seine Arme. Sein Gesicht wurde durch einen riesigen goldenen Schnabel, den er als Maske vorgebunden hatte, verdeckt. Das musste Atalpacoa sein! Er schien in dieser seltsamen Welt der absolute Herrscher zu sein, der uneingeschränkte Macht genoss.

Als er sich den Juniordetektiven zuwandte, die reichlich hilflos dahockten, begann er laut und zornig zu brüllen. Er wies herrisch auf die vier Freunde, worauf einige Krieger aufsprangen und Axel, Lilo, Poppi und Dominik zu Boden drückten.

„Ihr habt eure unwürdigen Häupter vor Atalpacoa in den Staub zu werfen!“, erklärte der Mann mit dem Jaguarfell.

„Hilfe, wir ... wir verdursten ... bitte geben Sie uns Wasser!“, wimmerte Lieselotte.

„Zuvor wird entschieden, ob die großen Geister euch für würdig halten, im Reich des Atalpacoa zu leben!“, verkündete der Jaguarkrieger.

Die Knickerbocker wurden hochgerissen, zum großen Loch gezerrt und über den Schacht gehalten.

„Hilfe! ... Hilfe!“, jammerten die Kumpel.

Der Jaguar-Mann trat zu ihnen und vollführte mit seinem Speer einige beschwörende Bewegungen. Dazu murmelte er unverständliche Worte und hob seinen Kopf und seine Arme immer wieder zum Himmel. Zum Abschluss der Zeremonie schleuderte er seinen Speer in den Schacht. Axel zählte mit. Er zählte und zählte, aber es war kein Aufprall zu hören. Der Speer verschwand lautlos in der Tiefe. Das Loch musste viele hundert Meter tief in die Erde führen!

Nun brachen alle Anwesenden in lautes Gekreische aus – erst auf ein Zeichen des Jaguar-Mannes verstummten sie. Sie schienen nun zu lauschen, welche

Geräusche aus der Tiefe kamen. Für wenige Sekunden herrschte absolute Stille.

Auf einmal rissen die Krieger die Knickerbocker zurück und setzten sie wieder auf ihre Plätze, an das Ende der im Boden eingeritzten Pfeile. „Der große Geist hat euch für würdig empfunden!“, erklärte der Jaguarkrieger, der offenbar eine Art Magier war. „Hätte er euch für unwürdig gehalten, wäret ihr ihm geopfert und in den Donnerschlund gestoßen worden!“

Atalpacoa schrie etwas, worauf die vier Freunde fortgeschafft wurden. Die Krieger trugen sie auf der anderen Seite des Baues die Stufen hinab, an deren Fuß sich mehrere niedere, aus rohen Steinen gebaute Häuser befanden.

In eines dieser Häuser wurden Axel, Lilo, Poppi und Dominik gebracht. Eine Frau stellte neben den Knickerbockern einen Tonkrug ab. Mit einer Kelle schöpfte sie Wasser, ließ es aber wieder in den Krug zurückplätschern.

„Bitte, geben Sie uns etwas zu trinken!“, flehten die vier.

Die Frau holte eine Schale von einem Wandregal und leerte eine dickflüssige rote Soße in das Wasser. Mit der Kelle rührte sie um und schenkte dann den Saft in vier Schalen. Hastig griffen die Knickerbocker-Freunde danach.

Als Lieselotte zum Trinken ansetzte, stieg ihr ein süßlicher Duft in die Nase, der sie zögern ließ. „Nein, nicht trinken!“, zischte sie.

„Warum nicht?“, keuchte Axel.

„Ich glaube, da ist Rauschgift drin!“, raunte ihm Lieselotte zu.

Zum Glück verließ die Frau die Hütte und die Bande blieb allein.

„Wie kommst du darauf?“, wisperte Dominik.

„Mir kommt der Geruch bekannt vor. Bei uns im Park hat einmal ein Mädchen eine Zigarette geraucht, und das hat auch so süßlich gerochen. Sie hat das Zeug ‚Stoff‘ genannt. Wir müssen vorsichtig sein, schließlich wissen wir nicht, was die mit uns vorhaben. Vielleicht wollen sie uns unter Drogen setzen, damit wir nichts mitbekommen.“

Axel war das allerdings egal. „Ich … ich kann nicht mehr. Ich habe seit gestern nichts mehr getrunken“, stöhnte er.

Lieselotte beugte sich zu ihm, schlug ihm die Schale aus der Hand und kippte den Krug um. Erschrocken ließen Dominik und Poppi ihre Trinkgefäße fallen.

„Blöde Kuh! Jetzt … jetzt verdursten wir!“, schimpfte Axel und trat wütend nach dem Superhirn.

„Klappe zu, Affenkopf!“, stieß Lieselotte hervor. „Ich habe eine Idee: Wir schreien jetzt, und ich bin sicher, dass uns die Frau neues Wasser bringen wird. Aber wenn sie diese rote Soße reingießen will, werdet ihr sie ablenken und zum Stolpern bringen. Das Zeug soll ihr runterfallen. Bestimmt holt sie neues, und in der Zwischenzeit können wir das reine Wasser trinken.“

Genauso geschah es! Die Frau verschüttete den roten Saft und eilte los, um neuen zu holen. Die Knickerbocker schöpften das klare Wasser aus dem Krug und schlürften es gierig. Als die Frau zurückkehrte, war der Krug leer. Sie musste nach draußen, um ihn zu füllen. Das nutzten die vier Freunde aus und versteckten die neue Schale mit dem Rauschgift. Als die Frau mit dem

Wasserkrug den Raum betrat, musste sie gleich wieder los, um Nachschub zu holen. Natürlich hatten die Knickerbocker den zweiten Wasserkrug längst geleert, bevor sie mit der roten Soße wieder auftauchte.

Schließlich gab die Frau auf. Sie warf den vieren einige böse klingende Worte an den Kopf und ging.

„Wo sind wir hier?", wisperte Axel.

Lieselotte zuckte mit den Schultern.

Dominik meinte: „Es sieht so aus, als wären wir in einer Aztekenstadt, die die Jahrhunderte überdauert hat. Das Aztekenreich wurde nämlich vor rund fünfhundert Jahren von den Spaniern erobert!"

Lieselotte ließ ein Gedanke keine Ruhe: „Ich glaube, sie haben unser Flugzeug beschädigt und fast abstürzen lassen. Warum haben sie uns aber hierher gebracht?" Ihre Freunde schwiegen nachdenklich.

„Glaubt ihr, die hätten uns wirklich in dieses Loch geworfen?", fragte Poppi.

Lilo schüttelte den Kopf. „Nein, die haben sicher etwas anderes mit uns vor!"

„Sehr seltsam", fand Axel, „wenn das Menschen sind, die ein Leben wie vor fünfhundert Jahren führen, dann können sie Flugzeuge doch gar nicht zum Absturz bringen. Oder?"

Verdächtig

Als Axel erwachte, herrschte stockfinstere Nacht. Er hob den Kopf, spähte durch die Türöffnung und sah in ungefähr zehn Schritt Entfernung ein Feuer flackern. Der Junge blickte auf die Uhr. Es war kurz nach ein Uhr. Ob bereits Suchtrupps unterwegs waren? Nachdem die Bande nicht zurückgekehrt war, mussten Poppis Eltern vor Angst durchgedreht sein. Aber diesmal konnten die vier Juniordetektive wirklich nichts dafür. Sie hatten ihre Nasen nirgendwo hineingesteckt. Axel hatte bohrende Bauchschmerzen. Er hatte Hunger. Riesigen Hunger. Seit ihrer Notlandung hatte er nichts gegessen. Am Nachmittag, nachdem sie getrunken hatten, waren die vier Freunde eingeschlafen.

Axel richtete sich auf und kramte seine Taschenlampe hervor. Er leuchtete damit den Boden ab. Poppi lag zusammengekrümmt bei seinen Beinen. Dominik saß gegen die Wand gelehnt und schnarchte laut. Lieselotte lag auf dem Rücken und hatte einen Arm über ihre Augen gelegt.

Auf allen vieren kroch der Junge zur Türöffnung und streckte vorsichtig seinen Kopf ins Freie. Es war etwas kühler als am Tag. Dennoch war es unerträglich feucht und schwül.

Zu seiner großen Erleichterung bemerkte Axel, dass ihr Häuschen nicht bewacht wurde. Jedenfalls konnte er keine Wachen sehen. In der Aztekenstadt schienen alle friedlich zu schlafen.

Es kostete den Knickerbocker einige Mühe, die Augen offen zu halten, so müde war er. Wir können nicht warten, bis diese Kerle etwas mit uns machen. Wir müssen etwas unternehmen!, dachte er.

Deshalb weckte er die anderen. Poppi und Lieselotte waren kaum wach zu kriegen. Dominik schlug sogar nach seinem Kumpel.

„Draußen ist alles ruhig, wir müssen uns umschauen. Vielleicht können wir sogar abhauen!", sagte Axel.

„Blödsinn, wir können sicher nicht abhauen. Im Urwald überleben wir keinen Tag!", bremste ihn Lilo ein.

„Dann suchen wir Duarte. Er muss doch auch hier gefangen gehalten werden!", meinte Dominik. „Vielleicht weiß er einen Weg aus dieser Stadt."

Lieselotte wehrte ab: „Diese Irren könnten ihn aber auch ihrem großen Geist geopfert haben, falls er ihn für unwürdig empfand."

Dieser Gedanke war entmutigend. Dann hätte die Bande ihren einzigen Freund verloren – und was konnten die vier denn nur auf sich gestellt in der Wildnis ausrichten?

Lieselotte erhob sich und nahm das Häuschen unter die Lupe, in dem sie untergebracht worden waren. Es bestand nur aus einem rechteckigen Raum, in dem sich keine Möbel befanden. Die einzige Einrichtung waren mehrere Regalbretter aus grobem Holz, die an der Wand befestigt waren. Auf einem dieser Bretter entdeckte das Superhirn etwas, das es neugierig machte. Es handelte sich um Federkronen, wie sie die Krieger trugen, um Tierfelle zum Umhängen und um halbe Röhren aus Leder, die das Mädchen für Schienbein- und Armschützer hielt.

„Axel hat doch Recht", überlegte Lieselotte laut.

„Wir dürfen hier nicht nur untätig herumsitzen und warten. Wir müssen über diese Wahnsinnigen etwas herausfinden.“

Die Kleidungsstücke, die sie gefunden hatte, kamen ihr gerade recht. „Los, zieht das an!“, flüsterte sie ihren Freunden zu. „In der Dunkelheit kann uns keiner so schnell erkennen, wenn wir verkleidet sind.“

Im Schein der Taschenlampe kostümierten sich die Juniordetektive, so gut es ging. Obwohl nun jeder Knickerbocker urkomisch aussah, konnte keiner darüber lachen. Dafür waren sie viel zu angespannt und aufgeregt.

„Und jetzt aufrecht gehen und Haltung bewahren!“, zischte Lilo.

Die vier Freunde traten aus dem Häuschen und blickten ängstlich nach allen Seiten. Weit und breit war niemand zu sehen. An einigen Hauswänden waren Fackeln befestigt, die die kleinen Plätze und Wege zwischen den Häusern spärlich erhellten. Im Schatten der Gebäude huschten die vier zu den Pyramiden. Lilo war überzeugt, dass das Geheimnis dieser Stadt in einer der beiden Pyramiden zu finden war. Gebückt tappten die Knickerbocker die lange Treppe zur Plattform hinauf. Bis jetzt waren sie keinem Krieger begegnet.

Die vier Abenteurer kamen nur langsam voran. Sie waren von den Anstrengungen des letzten Tages sehr geschwächt. Großer Hunger quälte sie und die feuchte Hitze schien sie wie ein dickes nasses Tuch niederzudrücken.

Dominik sah sich um und erkannte Umrisse von hohen Bäumen, die mächtig in den nächtlichen Himmel ragten. Der Junge staunte. Obwohl das Gebäude, das sie gerade erklommen, mindestens dreißig Meter hoch war, erschienen ihm die Baumwipfel noch um ein Vielfaches höher.

Endlich hatten sie es geschafft! Sie standen auf der Plattform mit dem donnernden Loch und den beiden Pyramiden ohne Spitze.

„Was ist das für ein komischer Schacht?“, fragte Axel leise und deutete auf die Öffnung, die ihnen beinahe zum Verhängnis geworden wäre.

Dominik meinte: „Es könnte sich um eine Art Bohrung handeln. Allerdings wusste ich nicht, dass die Azteken so tiefe Löcher graben konnten. Das Donnern könnte übrigens von einem Vulkan kommen.“

Das Ziel der Juniordetektive war eine der beiden Pyramiden. „Wir versuchen in die zu gelangen, aus der dieser Atalpacoa herausgetragen wurde“, schlug das Superhirn vor.

Ihre Knickerbocker-Freunde waren damit einverstanden und folgten ihm.

Durch die Pforte, die von bleichen Skelettschädeln umrahmt war, traten sie in einen sehr hohen Raum. Auf dem Boden standen zahlreiche flache Schalen, in denen rötliche Feuer flackerten. In der Mitte der Halle führte eine Treppe nach unten.

Die Knickerbocker blieben dicht hintereinander, als sie zu diesem Abgang schlichen und Stufe für Stufe in die Tiefe tappten.

Sie gelangten in einen quadratischen Raum. In jede Wand war eine Tür eingelassen. Über den Portalen prangten Malereien Furcht erregender Raubvögel, die blutiges Fleisch in den Schnäbeln hatten. Einer der Vögel war anders. Sein Gefieder glänzte golden und aus seinem weit aufgerissenen Schnabel flatterten hunderte bunte Vögel himmelwärts.

Mitten im Raum stand der Thron, auf dem Atalpacoa aus der Pyramide getragen worden war. Lieselotte umrundete ihn, konnte aber keinerlei Hinweis auf etwas Verdächtiges entdecken.

„Was bedeuten diese Bilder?“, wisperte Dominik.

Allgemeines Schulterzucken. Keiner wusste es.

Lilo gab allen ein Zeichen, sich ganz lautlos zu verhalten, und lauschte angespannt. Kam da jemand?

Verdammt! Ja! Hinter der Tür unter dem goldenen Vogel ertönten Stimmen und Schritte.

„Wir müssen hier raus!“, flüsterte Lilo.

Aber es war bereits zu spät! Die Tür wurde aufgeschlossen.

„Unter den Thron!“, lautete Lieselottes nächstes Kommando. Der Thron hatte ungefähr kniehohe Beine. Von der Kante der Sitzfläche baumelten lange Federn und Lederstücke, die bis zum Boden reichten.

Blitzschnell glitten die vier Freunde geschickt unter den Thron und pressten sich aneinander. Als Axel seine Füße anzog, weil sie noch immer zwischen den Federn hervorguckten, wurde die Tür geöffnet und zwei Menschen betraten den Raum.

Lieselotte, die auf dem Rücken lag, drehte den Kopf nach rechts und konnte die Füße der Unbekannten sehen. Das eine Paar steckte in goldenen Sandalen, die – wie alles im Reich des Atalpacoa – mit Federn verziert waren. Das zweite Paar trug Turnschuhe! Ölige, zerschlissene Tennisschuhe, die irgendwann einmal weiß gewesen sein mussten.

Nur einen halben Meter von ihrem Kopf entfernt

blieben die Füße stehen und eine barsche Männerstimme ertönte: Atalpacoa!

Den Knickerbockern wurde siedendheiß. Alle ihre Muskeln spannten sich an. Wollte der Herrscher abermals seinen Thron besteigen, um sich aus der Pyramide tragen zu lassen? Dann würde er sie natürlich entdecken, und wer weiß, was dann mit ihnen geschah …

Vogelfütterung

Die Worte Atalpacoas hatten bewirkt, dass die Turnschuhe kehrtmachten und wieder verschwanden. Die Goldsandalen setzten sich in Bewegung.

Lilo zitterte am ganzen Körper, was natürlich ihren Kumpeln nicht entging. Das Superhirn flehte im Stillen: „Bitte, bitte, nicht setzen! Bitte!"

Vergeblich! Atalpacoa ließ sich wie ein Sack auf den goldenen Prunkstuhl fallen und schnaufte. Unruhig rutschte er hin und her und klatschte mehrmals in die Hände.

Die vier Freunde rückten noch enger zusammen und hielten den Atem an.

Atalpacoa begann mit seinem rechten Fuß im Takt zu wippen. Er schien überaus nervös und unruhig zu sein. Endlich kam sein Begleiter zurück. Die Turnschuhe hatte er gegen Mokassins aus weichem Leder getauscht.

Einer allein kann den Thron nicht tragen!, dachte Lilo. Ob der Typ nach weiteren Trägern gerufen hat?

Es war wie das schönste Weihnachtsgeschenk, als sich nun Atalpacoa erhob. Anscheinend hatte er sich hier nur ausgeruht. Die Knickerbocker hörten ein leises Knirschen, worauf sich die Tür öffnete, die links von dem Prachtsessel lag. Der Herrscher und sein Begleiter verschwanden dahinter. Sofort schloss sich die Pforte wieder.

Erleichtert atmeten die vier Juniordetektive auf. Das war gerade noch gut gegangen.

„Kriechen wir wieder raus?“, fragte Axel leise.

„Ja!“, erwiderte Lieselotte. „Aber warte noch ein bisschen.“

Die Bande verharrte fünf Minuten regungslos unter dem Thron, aber nichts geschah. Es war nicht das leiseste Geräusch zu hören. Also robbten sie hervor und richteten sich stöhnend auf.

„Seht nur, die Tür ... die Tür mit dem Goldvogel ... sie ist nicht ganz zu!“, wisperte Poppi.

Lilo zögerte nicht. „Wir müssen aufs Ganze gehen!“, entschied sie. „Hier ist etwas mega-faul. Ich glaube, hier wird nur Theater gespielt. Seit wann tragen Azteken Turnschuhe?“ Schnell erklärte sie den anderen, was sie beobachtet hatte.

Nun war keine Zeit mehr zu verlieren. Die vier Abenteurer schlichen zu der offenen Tür. Dahinter lag ein Raum, der von zwei Petroleumlampen erhellt wurde. Nachdem sie ihn durchquert hatten, gelangten sie zu einer Steintür, die keine Klinke hatte. Stattdessen war ein goldener Knauf angebracht, der sich wie ein Riegel zur Seite schieben ließ. Lilo packte ihn und zog daran. Der Knauf rutschte nach rechts und die Tür schwenkte auf.

Der Raum dahinter lag in völliger Dunkelheit. Die Knickerbocker knipsten ihre Taschenlampen an. Lieselotte blies vor Erstaunen die Backen auf. Die Einrichtung dieses Zimmers stammte sicherlich nicht aus der Aztekenzeit.

Hier standen zwei moderne Schreibtische mit tragbaren Computern, Aktenschränken, Telefon und eine Funkanlage. Auf modernen Stühlen lagen Hosen, Hemden und Jacken verstreut, und auf dem Boden entdeckte das Superhirn die öligen Turnschuhe. In einer kleinen Nebenkammer fanden die vier Freunde farbenfrohe Federkronen und Lederumhänge. An einer Wand hingen mehrere goldene Vogelmasken, wie sie Atalpacoa bei ihrer ersten Begegnung getragen hatte.

Während Lieselotte einige Kisten untersuchte, die unter den Schreibtischen standen, stürzte sich Dominik auf das Telefon und hob ab. „Das ist unsere Rettung! Wir müssen nur jemanden anrufen und sagen, wo wir sind."

Axel bezweifelte das. „Das Ding kann doch mitten im Dschungel nicht funktionieren", meinte er mutlos.

Dominik ließ sich nicht beirren. „Wahrscheinlich ist es ein Satellitentelefon. Diese Apparate werden hauptsächlich in unwegsamem Gelände eingesetzt. Mit Hilfe einer Spezialantenne werden die Telefonsignale direkt zu einem Telefonsatelliten gesandt, der über der Erde kreist. So ist sogar im Regenwald Telefonieren möglich!", erläuterte der belesene Knickerbocker in seiner eher komplizierten Sprache.

Während sich die Jungen um das Telefon kümmerten, kramten die Mädchen in den Kisten, in denen Computer-Papier, Disketten, Farbbänder und sogar Würstchen in Dosen und Kekse aufbewahrt wurden. In der letzten Kiste, die Lieselotte öffnete, entdeckte sie allerdings etwas ganz anderes. Sie zögerte einen Augenblick, zog dann aber doch einen handtellergroßen Gegenstand heraus. Das Superhirn ließ ihn unter seinem Schienbeinschutz verschwinden, sagte aber ihren Kumpeln nichts davon.

„He, kommt her! Helft uns!", rief Axel den beiden Mädchen zu.

„Bald können wir mit dem Rest der Welt Kontakt aufnehmen!“, jubelte Dominik. „Doch wir müssen zuerst herausfinden, welche Vorwahl wir zu wählen haben. Das weiß ich leider nicht!“

Da sich keiner mit dem Gerät auskannte, drückte der Junge einfach ein paar Tasten. Er wählte zweimal die Null und wartete. Aber außer dem gleichmäßigen Brummen, das die Betriebsbereitschaft des Telefons anzeigte, tat sich nichts. Hastig versuchte er andere Möglichkeiten, hatte aber keinen Erfolg.

„Wer ist dieser Atalpacoa? Warum spielt er dieses Theater? Der Typ ist doch nicht von gestern!“, grübelte Lilo.

„Nein, das ist er nicht!“, bestätigte eine Stimme hinter ihnen.

Die Knickerbocker brauchten sich nicht einmal umzudrehen. Sie wussten, wer hinter ihnen stand. Es war der Jaguar-Mann, der sie überrascht hatte!

„Es ist Zeit für die Vogelfütterung!“, verkündete er mit ruhiger Stimme.

Die vier Freunde wandten sich um, wagten jedoch nicht zu fragen, was er damit meinte. Sie befürchteten, dass es sich um etwas ganz Schreckliches handeln musste.

„Das Futter seid ihr!“, setzte der Jaguar-Mann fort und deutete mit seinem Speer von einem zum anderen.

„Nein, bitte lassen Sie uns. Bitte!“, flehte Poppi. „Was haben wir denn getan? Warum machen Sie das alles mit uns?“

„Ihr seid auserwählt worden!“, antwortete der Krieger. „Allerdings habt ihr euch bisher dieser hohen Auszeichnung noch nicht würdig erwiesen. Deshalb wird einer von euch den Donnervögeln vorgeworfen, um den großen Geist milde zu stimmen!“

Die vier Knickerbocker trauten ihren Ohren nicht. „Was … was soll das bedeuten?“, hauchte Lieselotte.

Der Jaguar-Mann schwieg und ging langsam auf die Freunde zu. Er trieb sie, mit seiner Waffe drohend, aus dem Raum und riegelte ihn sorgfältig ab.

Aus der Halle kamen auf seinen Befehl vier Krieger geeilt, die die Kumpel schnappten und ihnen die Arme auf den Rücken drehten. Der Magier mit dem Jaguarfell öffnete die Tür, hinter der Atalpacoa und sein Kumpan verschwunden waren. Seine Leute folgten ihm mit ihren Gefangenen. Sie gingen durch einen niedrigen Gang und traten an dessen Ende auf eine Art Steinbalkon. Vor ihnen lag nun eine weitläufige Halle, die das Innere des mächtigen Baues füllen musste, auf dem die beiden Pyramiden errichtet worden waren. An der Decke hingen riesige Vögel mit breiten schwarzen Schwingen, spitzen, metallisch glänzenden Schnäbeln und dolchähnlichen Krallen an den Füßen.

„Das sind Krieger, die sich verkleidet haben!“, flüsterte Dominik mit zitternder Stimme.

Den vier Freunden war jetzt klar, warum sie auf ihrem Weg keinem Menschen begegnet waren. Alle Bewohner der Stadt hatten sich hier versammelt.

Die Krieger stiegen mit den Knickerbockern eine steile Rampe hinab. Sie wurden von lautem Geschrei und Gekreische begrüßt. Die Männer trugen noch buntere und größere Federkronen als am Vortag. Viele Frauen hatten auf dem Rücken Gebinde aus langen Federn, die wie Pfauenräder aussahen.

„Ein Vogelhaus voller Irrer!“, fand Lieselotte, als sie

durch die tobende Menge zu einem Käfig auf einem Steinpodest geführt wurde. Unsanft stießen die Krieger sie und zwei ihrer Freunde durch eine schmale Tür, die sie anschließend verriegelten.

„Was … was werden die jetzt mit uns machen?“, wimmerte Dominik.

„Ich halte das nicht aus!“, kreischte Poppi.

„Loslassen! Hilfeeee!“, schrie Axel, den die Krieger nicht in den Käfig gesteckt hatten.

Katz und Maus

Während sich der Käfig an einer Seite der Halle befand, wurde Axel zu einem steinernen Sockel im Zentrum des Raumes gebracht. Rund um ihn scharten sich die Vogelmenschen. Auf dem Sockel waren nur zwei dicke hohe Holzpflöcke zu sehen, die mit Federn und Tierfellen verziert waren und nach oben hin schmal zuliefen. Auf ihren Spitzen steckten Tierschädel.

Aber nicht nur Axel wurde dorthin gebracht. Von der anderen Seite des Raumes wurde eine junge Frau herbeigeschleift. Sie wehrte sich, ging keinen Schritt, ließ sich zerren und versuchte verzweifelt sich loszureißen. Zwecklos. Die Krieger, die sie gepackt hielten, waren viel zu stark und kannten keine Gnade.

Sie führten die Frau zu einem Thron, der genau gegenüber dem Käfig vor der anderen Wand der Halle aufgebaut war. Dort saß bereits steif und majestätisch Atalpacoa, der die Gefangene spöttisch musterte. Mit einer herrischen Handbewegung gab er den Befehl, sie zu den Holzpfählen zu bringen. Sie wurde auf den Sockel gezerrt und mit Lederriemen festgebunden. Die Zuschauer tobten.

Lieselotte fielen die Schalen auf, die die Vogelmenschen in ihren Händen hielten. Sie waren mit der roten, süßlich duftenden Soße gefüllt.

„Was machen sie mit Axel?“, schrie Dominik und rüttelte an den Gitterstäben.

Doch die waren in den Stein eingelassen und gaben keinen Millimeter nach.

Der Jaguar-Mann trat neben Atalpacoa und wechselte einige Worte mit ihm. Danach richtete er sich auf und schwenkte seinen Speer. Augenblicklich verstummten alle. Zuerst verkündete der Magier etwas in einer Sprache, die wie Portugiesisch klang. Seine Worte schienen die Bewohner des Reiches von Atalpacoa sehr zu erfreuen, denn sie jubelten, nachdem er seine Rede beendet hatte.

Nun sprach er auf Deutsch weiter und wandte sich an Axel und seine Freunde. „Atalpacoa duldet in seinem Reich niemanden, der die Freiheit seines Volkes gefährdet. Unwürdige werden dem Geist des Donners geopfert!“

Die junge Frau wand sich hin und her und versuchte sich loszureißen. Die engen Lederfesseln zogen sich dadurch aber nur noch stärker zusammen. Axel war vor Schreck wie versteinert. Er starrte den Mann mit dem Jaguarfell mit ungläubigen Augen an und brachte keinen Ton heraus.

„Bitte tun Sie Axel nichts! Er ist doch unschuldig!“, tobte Lieselotte und ihre Stimme überschlug sich. Niemand hörte auf sie.

Die Frau kreischte etwas auf Portugiesisch und brach in hemmungsloses Schluchzen aus. Keiner der Vogelmenschen zeigte sich gerührt.

Dominik wusste, dass die Azteken ein überaus blutrünstiges und grausames Volk gewesen waren, das auch Menschenopfer darbrachte. Aber es gab keine Azteken mehr. Atalpacoa ahmte ihr Leben und ihre Bauwerke nur nach. Warum war ihm das nicht genug? Warum wollte er ihnen auch in ihrer Grausamkeit nacheifern?

Der Jaguar-Mann blickte zur Decke der Halle und

schwenkte abermals den Speer. Er stieß einen schrillen Schrei aus, worauf sich die Männer mit den schwarzen Schwingen in Bewegung setzten.

Bisher hatten sie auf trapezähnlichen Schaukeln gesessen. Nun aber ließen sie sich nach hinten kippen. Ihre Schnäbel richteten sie drohend auf die beiden Gefangenen in der Mitte der Halle. Sie begannen zu schaukeln und schlugen dabei mit den Flügeln.

Der Magier brüllte etwas. Das war das Kommando zum Angriff!

Die Krieger lösten sich von den Trapezen und ließen sich kopfüber nach unten stürzen. Die Vogelmänner hatten dicke Seile um ihre Beine gewickelt. Diese bremsten ihren Fall und bewirkten, dass sie sich um ihre eigene Achse drehten.

Axel, der bisher stumm und regungslos dagestanden war, schrie verzweifelt auf, als er die spitzen Schnäbel auf sich zurasen sah. Die Krieger hatten es auf ihn und die Frau abgesehen. Da beide mit Armen und Beinen an den Pfahl gefesselt worden waren, gab es keine Möglichkeit, auszuweichen oder in Deckung zu gehen.

Als die Vogelmenschen knapp über ihrer Beute angelangt waren, beendeten die Seile mit einem Ruck ihren Fall. Sie klappten ihre Schwingen zur Seite und änderten auf diese Art ihre Flugrichtung. Wie Trapezkünstler im Zirkus schwebten sie sternförmig auseinander und schwangen auf die Wände zu. Dort angekommen, stießen sie sich mit den Krallen wieder ab und rasten abermals auf Axel und die Frau zu. Als wollten sie mit ihren Opfern spielen, wie es Katzen mit Mäusen tun.

„Diese Irren wollen Axel und die Frau … mit den

Metallschnäbeln … zerreißen!", krächzte Poppi und schloss die Augen.

Lieselotte hatte inzwischen etwas entdeckt, das sie lieber für sich behielt: Der Steinsockel, auf dem ihr Kumpel und das zweite Opfer standen, wies viele dunkelbraune Flecken auf. Das war wahrscheinlich Blut!

Wie Aasgeier gingen die Männer auf Axel und die Frau los. Sie waren überaus geschickt und steuerten direkt auf ihr Ziel zu. Erst im letzten Augenblick änderten sie die Richtung und schwangen an den Pfählen vorbei. Die Menge tobte vor Begeisterung.

Die Vogelmenschen pendelten zurück und auseinander, ohne dass sich ihre Halteseile auch nur einmal verwickelten. Mit dem Oberkörper und den Armen holten sie Schwung und flogen wieder über den Köpfen des Publikums hinweg zu den Wänden.

Der Magier schwang abermals seinen Speer und zeigte dann mit der Spitze auf die Gefesselten. Das Spiel sollte nun sein Ende finden. Beim nächsten Mal würden die Männer nicht mehr ausweichen.

Der rote Blitz

Lieselottes Hände zitterten, als sie sich bückte und in ihren Schienbeinschutz griff. Dieses ungewöhnliche Kleidungsstück war aus Fell gefertigt und mit Lederriemen festgeschnürt. Es lag so gut an, dass sie zwischen dem Fell und ihrer Haut etwas verstecken konnte. Und das hatte sie getan. Lilo holte nun den Gegenstand hervor, den sie aus dem Büro von Atalpacoa mitgenommen hatte.

Es handelte sich um eine klobige Pistole. Lilo lehnte Waffen ab, aber sie hatte keine Wahl. Sie wusste, dass aus dieser Pistole kein tödlicher Schuss abgegeben werden konnte. Aus ihrem Lauf würden nur Leuchtkugeln kommen. Trotzdem kostete es sie einige Überwindung, den Zeigefinger auf den Abzug zu legen.

Sie zielte und feuerte.

Ein glühender Ball zischte in hohem Bogen durch die Luft, quer durch die Halle. Er verfehlte Atalpacoa nur um einige wenige Zentimeter, traf jedoch die Federkrone, die er trug. Augenblicklich fing das Federwerk Feuer.

Ein Schrei ging durch die Menge und die Vogelmenschen zeigten entgeistert auf ihren Gebieter. Wie aufgeschreckte Hühner stoben sie auseinander. Manche versuchten sogar, den Brand mit der roten Soße aus ihren Schalen zu löschen.

Die schwarzen Kampfvögel waren von der Leuchtkugel so erschreckt worden, dass sie aus ihren eingeübten Flugbahnen gerieten und gegeneinander stießen.

Ein Tumult brach aus. Die Vogelmenschen an den Seilen verhedderten sich, schrien aufgeregt durcheinander und baumelten hilflos und jämmerlich über den Zuschauern. Die meisten Bewohner der Aztekenstadt taumelten benommen durch die Halle. Sie konnten sich kaum auf den Beinen halten.

Die haben alle einen Rausch!, dachte Lieselotte. Um das Chaos zu vergrößern, feuerte das Mädchen zwei weitere Leuchtkugeln ab und löste dadurch eine richtiggehende Panik aus.

Atalpacoa brüllte und fuchtelte mit Armen und Beinen. Er schien seine Beherrschung völlig verloren zu haben. Der Jaguar-Mann versuchte die Leute zu beruhigen, jedoch ohne Erfolg. Schließlich gelang es ihm, wenigstens einige Krieger zu sich zu rufen, um ihnen Aufträge zu erteilen.

Die Männer banden zuerst die Frau und dann Axel los und schleiften sie die steile Rampe nach oben. Ein zweiter Trupp holte die drei Knickerbocker aus dem Käfig und brachte sie ebenfalls auf diesem Weg aus der Halle. Sie stießen die vier Juniordetektive und die Frau in den Verbindungsgang zu den Räumen des Atalpacoa und verriegelten die Tür.

„Los, vielleicht ist die andere Tür noch offen, dann können wir dort hinaus und in diesem Durcheinander fliehen!“, rief Lieselotte. Sie stürmte durch die Dunkelheit und prallte gegen den zweiten Ausgang, der in die Halle mit dem tragbaren Thron führte. Das Mädchen rüttelte an der Tür, aber diese war mit einem geheimen Mechanismus abgeschlossen.

Enttäuscht kehrte Lilo zu den anderen zurück. Axel kauerte auf dem Boden und zitterte am ganzen Körper.

Die Frau saß neben ihm. Dominik und Poppi standen ratlos daneben.

„Wo … wo hast du dieses … Ding her?“, stieß Axel hervor.

„Aus dem Büro mitgenommen!“, antwortete Lieselotte.

Die Frau blickte auf und radebrechte: „Leben … hast du gerettet!“ Lieselotte lächelte verlegen. „Meine Name sein Gloria. Ich danken dir!“

Lilo, Dominik und Poppi hockten sich zu ihrem Kumpel und Gloria und sahen einander verzweifelt an.

„Was ist das hier für ein Irrenhaus?“, stöhnte das Superhirn. „Wie kommen wir hier bloß wieder raus?“

Gloria nahm ihnen alle Hoffnung. „Nicht, gar nicht. Atalpacoa wird verhindern, verhindern mit jede Mittel, dass seine Geheimnis wird getragen weg.“

Die Knickerbocker horchten auf. „Geheimnis? Was für ein Geheimnis?“

Stotternd und mit großer Mühe erzählte ihnen Gloria, was sie über diese Stadt im Dschungel und ihren Beherrscher wusste.

Lilo fasste schließlich die Lage zusammen: „Der Mann, der sich hinter der Vogelmaske versteckt, ist also der Anführer einer Art Sekte. Er schart Menschen um sich, die das Gefühl haben, dass ihnen im normalen Leben Unrecht getan wird. Alle, die sich gegen die Mächtigen wehren wollen, holt er zu sich. Er verspricht ihnen in der Dschungelstadt ein Leben nach alten Gesetzen. Deshalb auch der Aztekenfirlefanz und die Verkleidungen. Seine Anhänger wollen wie vor Jahrhunderten leben, da alles noch gerecht und in Ordnung war – was natürlich nicht stimmt.“

Gloria war ihrem Freund zu Atalpacoa gefolgt, um ihn aus den Fängen dieses Betrügers zu befreien. Sie hatte so getan, als wollte sie ein Mitglied der Sekte werden, hatte aber das Rauschgift nie zu sich genommen. In den vergangenen Wochen hatte sie nach und nach die Wahrheit über Atalpacoa herausgefunden und versucht seine Anhänger gegen ihn aufzuhetzen. Vergeblich! Er hatte sie fest im Griff, und dank des roten Saftes waren seine Jünger zu keinem Widerstand fähig. Atalpacoa wollte die für ihn unbequem gewordene Gloria den Vögeln opfern.

Wer sich allerdings hinter der Maske des Atalpacoa verbarg, wusste auch Gloria nicht. Der „Herrscher“ ließ sich selten blicken und trat nur in seinem Vogelkostüm auf.

„Bestimmt ist er ein hundsgemeiner, mieser Typ, der alle Leute ausbeutet“, fauchte Lilo wütend. „So sind alle Sektenführer. Sie nutzen die Not, die Angst und die Verzweiflung anderer, um sich zu bereichern.“

Das leuchtete Axel in diesem Fall nicht ein. „Die Stadt hier im Dschungel, diese Kostüme und der ganze Plunder haben bestimmt eine schöne Stange Geld gekostet. Wie soll dieser Atalpacoa damit reich werden können?“

Dominik vermutete: „Wenn die Leute zu ihm kommen wollen, müssen sie ihm möglicherweise ihr Geld und ihren Besitz überlassen!“

„Aber warum hat Atalpacoa dann uns geholt?“, fragte Poppi. „Woher kennt er uns? Was will er?“

Die Tür, die zur Pyramide des Atalpacoa führte, wurde geöffnet und der Jaguar-Mann trat ein. Er deutete mit dem Speer auf die Knickerbocker und verkündete mit bedeutungsvoller Stimme: „Ihr werdet bald gehen! Fort von hier!“

Diese Neuigkeit gab den Juniordetektiven Mut. Sie durften die Sektenstadt also doch verlassen!

„*Ihr* geht!“, wiederholte der Magier und deutete auf Poppi und Axel. Dann wandte er sich an Lieselotte und Dominik und sagte: „*Ihr* bleibt, und wenn eure Freunde unseren Auftrag nicht erfüllen oder ein Wort sagen, das sie nicht sagen dürfen, werdet ihr in das Donnerloch gestürzt!“

Der Auftrag

Die vier Knickerbocker erbleichten: „Und … und … w… wa… was ist das für ein Auftrag?“, fragte Axel mit bebender Stimme.

„In der Stadt Rio de Janeiro lebt ein Mann namens Diego de Riviera. Er hat dem mächtigen Atalpacoa etwas geraubt. Einen goldenen Pavian. Diese Figur sollt ihr zurückbringen!“, schilderte der Magier den Plan.

Lieselotte holte tief Luft und stammelte: „Warum … warum holt sich dieser … Atalpacoa die Figur nicht selbst? Sie ist doch ihm gestohlen worden … Wozu braucht er uns dazu?“

„Diego de Riviera ist ein misstrauischer und böser Mensch, der niemanden in sein Haus lässt. Bestenfalls Kindern ist er wohl gesonnen. Ihr werdet daher in der Nähe seines Hauses betteln. Ihr müsst sein Herz erweichen, sein Mitleid erwecken. Ist euch das gelungen, wird er euch sicher in sein Haus einladen. Ihr müsst dann den goldenen Pavian suchen und ihn zu uns bringen. Wenn ihr ihn nicht findet, fragt ruhig de Riviera. Euch händigt er ihn bestimmt aus, wo doch das Schicksal eurer Freunde auf dem Spiel steht. Ihr müsst bei ihm kräftig auf die Tränendrüse drücken! Drei Tage gibt euch Atalpacoa Zeit. Schafft ihr es in dieser Zeit nicht, meinem Gebieter die Figur zu überreichen, werdet ihr eure Freunde niemals wieder sehen.“

„Ist der goldene Pavian eine Figur, die hier verehrt wird?“, fragte Lilo.

Der Jaguar-Mann riss die Augen weit auf und sprach

Unheil verkündend: „Der goldene Pavian ist das Zeichen für das Glück unseres Herrschers. Jedem anderen bringt er Tod und Verderben. Diego de Riviera konnte sich davon schon überzeugen, aber er ist nicht bereit, sich von ihm zu trennen. Er kennt seine Geschichte nicht."

„De Riviera hat die Figur einem ...", der Jaguar-Mann überlegte, „... einem Dieb abgekauft, der sie aus unserer Stadt geschmuggelt hat. Der Pavian bringt, wie gesagt, nur Atalpacoa Glück: Der Dieb wurde nach seinem Verbrechen von einer Schlange gebissen und hat sein verdientes Ende gefunden."

Die vier Freunde blickten einander an und fassten sich an den Händen. Ihnen war zum Heulen zu Mute.

„Morgen früh werdet ihr aufbrechen!", bestimmte der Jaguar-Mann und sah Axel und Poppi streng an.

„Wer wird uns nach Rio bringen?", wollte der Junge wissen.

„Die widerliche, dumme Kreatur, die euch hergeflogen hat. Diesen Menschen werden wir auch als Sprachrohr benutzen. Er wird euch unsere Anweisungen weitergeben. Zweimal am Tag habt ihr ihm Bericht zu erstatten. Wenn der goldene Pavian in euren Händen ist, erfahrt ihr von ihm, wo ihr ihn abliefern müsst."

„Und wo wir Lilo und Dominik wieder treffen!", fügte Axel hinzu.

Der Jaguar-Mann machte eine beschwichtigende Handbewegung und säuselte: „Selbstverständlich! Seid ihr erfolgreich, wird euren beiden Freunden kein Haar gekrümmt."

Axel schöpfte Hoffnung. Er würde Duarte, den Piloten, endlich wieder sehen. Vielleicht konnte er ihnen helfen. Möglicherweise gab es einen Weg, Lieselotte und Dominik zu befreien und gemeinsam aus dem Dschungel zu entkommen. Schließlich stellte ihnen Atalpacoa ein Reisemittel zur Verfügung …

Der Magier mit dem Jaguarfell winkte sechs Krieger herein und trug ihnen etwas auf. Die Männer gaben daraufhin den vier Knickerbockern und Gloria ein Zeichen, aufzustehen und mitzukommen.

Widerstrebend folgten sie ihnen. Die Brasilianerin starrte dabei die ganze Zeit einen der Krieger an. Es war ein kleiner Mann mit dunkler Hautfarbe, sehr sanften Augen und kurzem gekräuseltem Haar.

„Paolo!“, zischte Gloria. „Paolo! Paolo!“

Ihre Worte zeigten keinerlei Wirkung.

Lilo beobachtete, wie die Frau bitterlich zu weinen begann. In letzter Verzweiflung packte sie den Krieger am Arm und rüttelte ihn.

Der Mann machte eine wütende Bewegung und schüttelte sie energisch ab. Er schrie sie auf Portugiesisch an und trat nach ihr.

„Ist das dein Freund?“, fragte Poppi.

Gloria nickte. „Er sagt … er nicht länger mich kennt. Sein Name jetzt ‚Blauer Vogel der Rache‘, und ich werden Zorn von ihm zu spüren bekommen.“

Dominik schauderte, als er das hörte. Atalpacoa leistete ganze Arbeit. Die Mitglieder seiner Sekte wurden offensichtlich einer gründlichen Gehirnwäsche unterzogen und mit Hilfe von Rauschgift völlig verblödet. Wahrscheinlich plapperten sie wie Papageien alles nach, was ihnen vorgesagt wurde. Durch den roten Saft fühlten sie sich besonders stark und mächtig. Mit der Zeit mussten sie von dem Zeug natürlich abhängig werden.

Die Gefangenen wurden nach draußen auf die Plattform geführt, in der sich das Donnerloch befand. Wenige Meter davor kniete ein Mann nieder und zerrte an einem dicken Metallring, der im Boden eingelassen war. Eine Steinplatte hob sich und eine rechteckige Öffnung wurde sichtbar.

Axel, Lieselotte, Poppi, Dominik und Gloria wurden herbeigezerrt und hinuntergestoßen. Schreiend stürzten sie in die totale Finsternis. Hart knallten sie auf einen rauen, warmen Steinboden und blieben benommen liegen. Die Luft war feucht und abgestanden.

Über ihnen knirschte es. Die schwere Steinplatte wurde wieder auf ihren Platz gerückt. Entsetzt bemerkten Dominik, Poppi und Axel, dass sie ihre Taschenlampen verloren hatten.

„Ich … ich will unbedingt wissen, wo wir hier sind. Diese Blödmänner haben die Leuchtpistole nicht entdeckt. Ich habe sie immer noch. Ich möchte gern eine Kugel abschießen. Seid ihr einverstanden?“, fragte Lieselotte.

Es gab keinen Widerspruch.

Also holte das Superhirn die Leuchtpistole heraus, streckte die Arme hoch, um auch bestimmt keinen zu verletzen, und drückte ab. Eine glühende Kugel zischte aus dem Lauf, knallte nur ein kleines Stück weiter gegen eine Felsmauer und fiel zu Boden. Ihr Lichtschein erhellte den Raum und ließ die Gefangenen wichtige Einzelheiten erkennen.

Sie hockten in einem Verlies, das ungefähr so groß wie eine Garage war. Es gab keinen zweiten Ausgang und keine Fenster. Der Raum war ganz leer.

Nur in der Wand, die zum Donnerloch hin lag, waren zahlreiche Vogelköpfe aus Metall auszumachen. Ihre Gesichter sahen wild aus und die Schnäbel waren verbogen. Die Knickerbocker zuckten zurück, als sie die unheimlichen Vogelfratzen erblickten. Wozu waren sie wohl gut?

Lilo nützte den letzten Lichtschimmer der Leuchtkugel und untersuchte sie hastig. Das Superhirn bemerkte, dass die Hälse der Tiere Rohre waren, die in den Stein hineinführten. Das Mädchen klopfte auf das Metall. Es folgte ein donnerndes, hallendes Geräusch. Es war, als würde jemand gegen ein Metallfass schlagen. Die Leuchtkugel erlosch und die Gefangenen standen wieder in der Finsternis.

„Ich … ich habe solchen Hunger!“, stöhnte Axel. Die anderen hatten dasselbe Problem.

„Was … mit uns geschehen? Was … mit uns geschehen?“, jammerte Gloria und schluchzte vor sich hin.

Da ertönte ein Klirren und Klimpern.

Zuerst klang es wie Kieselsteine, die auf ein Blechdach fallen. Innerhalb von Sekunden steigerte sich das Geräusch jedoch zu einem wüsten Trommeln und Dröhnen.

Schmerzverzerrt pressten die Knickerbocker ihre Hände an die Ohren. Der Krach tat höllisch weh.

Lilo beugte sich zu Axel und brüllte: „Das sind diese Vögel! Die sind so gebaut, dass man ihre Hälse auf der anderen Seite der Mauer anschlagen und zum Dröhnen bringen kann. Die Typen von diesem irren Atalpacoa wollen uns fertig machen!“

Im Augenblick sah es auch ganz so aus, als würde es ihnen gelingen. Der Lärm zermürbte die Nerven der Juniordetektive. Sie versuchten ihre Ohren zu schützen, doch das metallische Klirren war zu laut, es drang durch Mark und Bein.

„Wir schaffen es, wir schaffen es, wir schaffen es!", schrie Axel.

Die anderen stimmten ein: „Wir schaffen es! Wir schaffen es! Wir schaffen es! Wir schaffen es!"

Es geht los

Nach einer halben Stunde, die den Gefangenen wie eine Ewigkeit vorgekommen war, hörte der unerträgliche Lärm der Blechvögel auf.

Erleichtert nahmen die vier Freunde und Gloria die Hände von den Ohren und ließen sich rücklings auf den Boden sinken.

„Diesen Krach setzt Atalpacoa ein, um Leute wie uns fertig zu machen. Wenn man ihm länger ausgeliefert ist, dreht man wahrscheinlich durch und wird auch noch taub. Dieser Saukerl arbeitet mit allen Mitteln“, stöhnte Lieselotte.

Lange Zeit war nur das schnaufende Atmen der Juniordetektive zu vernehmen. Gloria weinte und Lilo strich ihr tröstend über die Hand. Dabei hätte sie selbst jemanden gebraucht, der sie ein wenig beruhigt hätte. Warum konnte sie jetzt nicht daheim in ihrem Bett liegen?

Die Knickerbocker dämmerten vor sich hin, als abermals das Knirschen der Luke ertönte. Es klang wie eine Alarmsirene und ließ die Freunde hochschrecken. Gespannt starrten sie auf die Öffnung, durch die gleißendes Sonnenlicht fiel. Geblendet hielten sie ihre Hände vors Gesicht und spähten durch die Finger. Eine Leiter wurde heruntergeschoben und der Magier mit dem Jaguarfell befahl: „Kommt herauf, es geht los!“

Das Superhirn der Bande packte seine Kumpel an den Schultern und sagte eindringlich: „Vier Knickerbocker lassen niemals locker! Wir haben schon so viel geschafft, wir werden auch das schaffen! Und euch, Poppi und Axel, wünsche ich viel Glück!"

Die beiden würgten und schluckten. Sie brachten keinen Ton heraus. Schließlich keuchte Axel: „Duarte … vielleicht kann er uns helfen!"

Der Jaguar-Mann wurde ungeduldig und schickte einen Krieger, der die säumigen Gefangenen antreiben sollte.

Stöhnend und mit schmerzenden Gliedern kletterten die Knickerbocker und Gloria ins Freie. Hinter den hohen Baumwipfeln, die rund um die Pyramiden in den Himmel ragten, war bereits die Sonne aufgegangen. Die Vögel des Regenwaldes hatten ihr lautstarkes Morgenkonzert angestimmt, und zwischen den Stämmen und den gigantischen Palmenblättern hing der Dunst wie ein graublauer Schleier.

Lilo, Dominik und Gloria wurden in einen einfachen Holzkäfig gesteckt, der aus Stangen und Schnüren zusammengebaut war und nicht sehr stabil wirkte. Die Krieger hoben den Käfig und ließen ihn aus einem halben Meter Höhe auf das Donnerloch fallen. Glücklicherweise war der Käfig groß genug, um nicht in den Schacht zu rutschen.

Trotzdem wurde den Gefangenen angst und bange, als die hölzernen Stäbe und Stangen knackten und ächzten, als wollten sie jeden Augenblick brechen.

„Ihr sollt sehen, dass wir keine Spaßvögel, sondern Vögel der Rache sind!", erklärte der Jaguar-Mann und hob den Blick beschwörend gegen den Morgenhimmel.

Axel und Poppi wurden wie junge Hunde gepackt und zu dem Haus geschleift, in dem sie in der ersten Nacht geschlafen hatten. Dort mussten sie ihre Klamotten wieder anziehen. Angewidert stellten sie fest, dass ihre Hosen und Hemden verdreckt und zerschlissen waren.

„Ihr sollt wie echte Straßenkinder wirken", sagte der Magier.

„Aber der Mann, den wir aufsuchen müssen, wird bemerken, dass wir keine Brasilianer sind. Wir können kein Wort Portugiesisch", sagte Axel.

Der Jaguar-Mann lächelte und bestimmte dann mit einem spöttischen Grinsen: „Ihr werdet schweigen und vortäuschen, stumm zu sein!"

Unter dem lauten Gekreische und Gepfeife der Bewohner der Dschungelstadt wurden die beiden Knickerbocker fortgebracht.

„Duarte, wo steckt Duarte?", fragte sich Axel. „Er muss uns helfen! Hilfe!"

Auf einmal brach das Kreischen schlagartig ab. Die vier Krieger, die die Juniordetektive führten, nahmen Poppi und Axel an den Schultern und drehten sie um, damit sie zu den Pyramiden aufsehen konnten. Atalpacoa hatte sich auf seinem goldenen Thron ins Freie tragen lassen und richtete sich nun drohend auf. Seine Untertanen lagen vor ihm auf dem Bauch und bewegten sich nicht.

Der Anführer der Sekte machte eine herrische Bewegung und rief etwas. Durch die goldene Maske, die er trug, waren seine Worte kaum verständlich. Aber seine Leute wussten, was er wollte.

Aus der linken Pyramide – dem Zugang in die große Opferhalle – wurde Duarte geschleift. Er wehrte sich, trat nach seinen Bewachern und versuchte sich aus ihrer eisernen Umklammerung zu befreien. Vergeblich!

Axels Hoffnungen schmolzen dahin wie ein Schneeball in der warmen Frühlingssonne.

„Bitte … bitte tu alles, was sie wollen, sonst ist unser Leben in Gefahr!“, flehte Lieselotte, als der Pilot an ihrem Käfig vorbeigeführt wurde.

„Aber das sind ja Irre!“, fluchte Duarte.

„Wenn du Poppi und Axel im Stich lässt, dann … dann bringen sie uns garantiert um!“, rief das Superhirn verzweifelt.

„Nein, nein! Keine Angst … ich … ich werde tun, was sie von mir verlangen. Ihr werdet freikommen!“, versprach Duarte.

Für ein längeres Gespräch war keine Zeit, da der Pilot von seinen Wächtern weitergeschleppt wurde. Nun ließ er sich aber nicht mehr ziehen, sondern schien freiwillig mitzukommen. Lieselotte atmete ein wenig auf. Mit großen, traurigen Augen blickte sie ihren Freunden und Duarte nach.

In drei Tagen würde sich ihr Schicksal entschieden haben. Und drei Tage waren eine verdammt kurze Zeit. Axel und Poppi taten bestimmt alles, was nur irgendwie möglich war, um in das Haus Diego de Rivieras einzudringen. Aber würden sie geschickter als Profi-Einbrecher sein, die Atalpacoa bestimmt auch schon eingesetzt hatte?

Ein Gedanke machte Lilo etwas Mut: „Dieser Atalpacoa wird uns nicht in dieses Donnerloch stoßen. Er hat nichts davon, wenn er uns umbringt. Er braucht uns.“ Wirklich überzeugt war das Superhirn davon allerdings nicht: Was war, wenn es sich irrte?

Duarte wurde die lange Treppe nach unten geführt. Seine Begleiter legten ein derartiges Tempo vor, dass er fast nicht mit ihnen Schritt halten konnte. Außerdem war sein rechtes Schuhband aufgegangen.

Da verlor Duarte den Schuh – Lieselotte traute ihren Augen nicht …

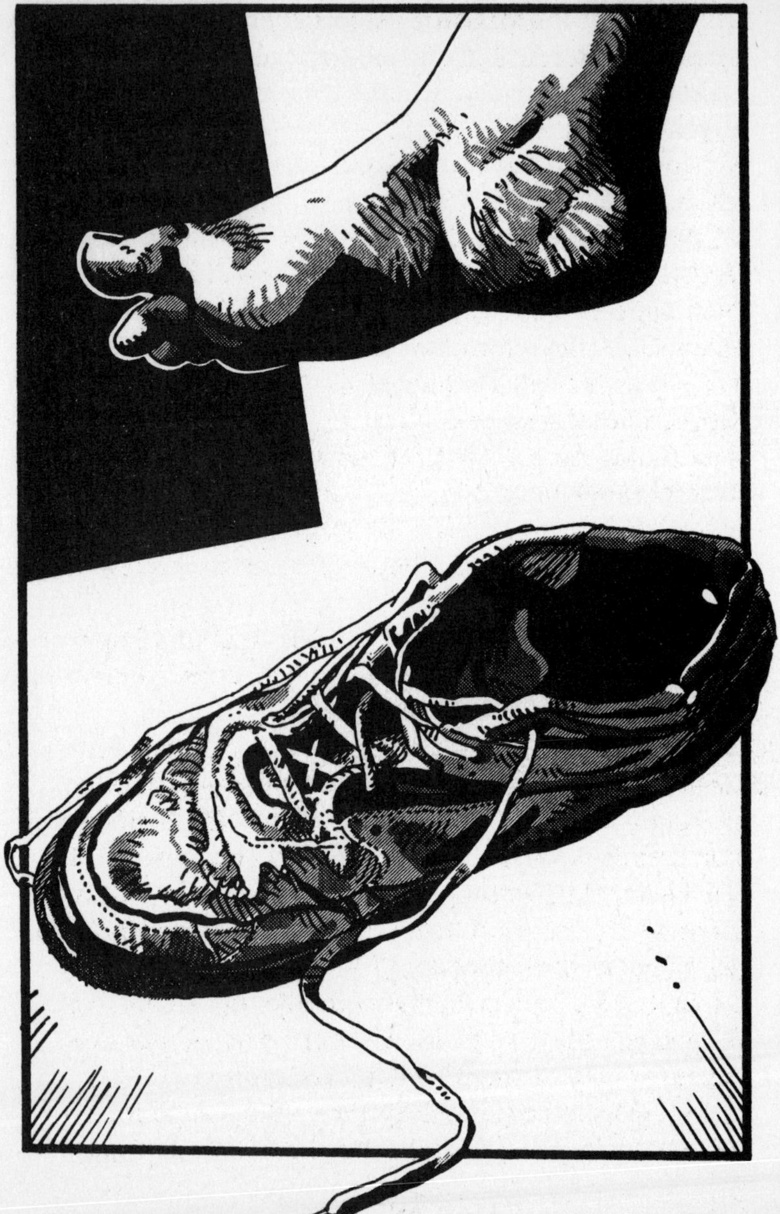

Achtung, Gefahr!

Es handelte sich um einen öligen, zerschlissenen Turnschuh, der irgendwann einmal weiß gewesen sein musste. Duarte steckte mit Atalpacoa unter einer Decke! Das stand für Lilo fest. Die Turnschuhe des Piloten hatte sie vom Versteck unter dem Thron aus gesehen. So viele verdreckte Tennisschuhe der gleichen Art gab es hier im Dschungel nicht. Duarte hatte die Knickerbocker also absichtlich in den Regenwald gebracht! Den Absturz hatte er nur vorgetäuscht, um sie zu schwächen und gefügig zu machen. Es musste alles geplant gewesen sein. Die Knickerbocker waren auserwählt worden, um den goldenen Pavian für Atalpacoa zu stehlen.

Lilo machte sich große Sorgen um Axel und Poppi. Sie waren nun mit keinem Freund unterwegs, sondern hatten einen Gegner an ihrer Seite.

Lilo wollte ihre Freunde warnen und stieß mit Hilfe der Finger einen gellenden Pfiff aus. Erstaunt blickten die Kumpel sich nach ihr um. Lieselotte pfiff noch einmal: dreimal kurz, zweimal lang und noch einmal kurz. Das bedeutete: Achtung, Gefahr! Höchste Vorsicht ist geboten! Sie hatte sich dieses Zeichen erst vor einiger Zeit ausgedacht und wusste nicht, ob Axel es verstand. Daher brüllte sie: „Duarte!“ Für die Bewohner der Dschungelstadt klang das wie ein verzweifelter Abschiedsruf, den sie dem Piloten nachschrie.

Axel gingen die unzähligen Pfeif-, Blink- und Klopfsprachen, die sich Lieselotte für ihr Leben gern ausdachte, ziemlich auf die Nerven. Deshalb hatte er die Pfeifcodes auch nicht gut gelernt. Er glaubte, dass Lilos Pfeifkonzert „Ich helfe dir!“ bedeutet hatte. Poppi hingegen war zusammengezuckt. Sie hatte den wahren Sinn der Geheimbotschaft kapiert, wollte sie aber nicht glauben. War Duarte eine Gefahr? Oder war Duarte in Gefahr? Da Axel nicht erschrocken reagierte, entschied sich das Mädchen für die zweite Möglichkeit.

Die beiden Knickerbocker und der Pilot wurden durch den Wald und über den Fluss zur Absturzstelle des Flugzeugs gebracht.

„Ich … ich soll hier starten!“, sagte Duarte heiser. „Aber das ist … ist sehr gefährlich. Wenn ich nicht sofort steil nach oben komme, landen wir in einem Baum!“

Axel wurde wütend. „Wozu sagst du uns das?“, fauchte er. „Wir haben ohnehin schon irre Angst!“

Der Pilot schwieg beleidigt.

Die weißblaue Maschine, mit der die Bande beinahe abgestürzt war, wurde zum äußersten Ende der Pfeilschneise gerollt. Axel beobachtete, wie die Krieger die Räder geschickt in zwei Verankerungen einhängten, die im Boden befestigt waren. Anschließend erklärten sie Duarte etwas.

Der Pilot schnaubte und räusperte sich nervös. „Los, wir müssen es versuchen!“, meinte er schließlich und half Axel und Poppi beim Einsteigen.

Die beiden kauerten sich auf die hintere Bank und schnallten sich fest. Duarte drückte einige Knöpfe und ein Krieger warf den Propeller an. Er schien dabei viel Übung zu haben, denn der Motor sprang sofort an.

Duarte wischte sich den Schweiß von der Stirn und rieb seine Handflächen an der dreckigen Hose trocken. Er drehte sich zu seinen Passagieren und deutete mit dem Daumen nach oben. Anschließend klemmte er ihn zwischen Zeige- und Mittelfinger. „Ob uns das wohl Glück bringt …“, meinte Poppi.

Der Pilot richtete das Steuer gerade, testete Höhen- und Seitenruder und zog energisch an dem schwarzen Knopf, mit dem die Drehzahl des Motors reguliert wurde. Der Propeller drehte sich so schnell, dass er zu einer hellen Scheibe verschmolz, und die Maschine dröhnte ohrenbetäubend.

Die Knickerbocker spürten, wie das Flugzeug losrasen wollte, aber von den Verankerungen zurückgehalten wurde.

Duarte wartete noch ein paar Sekunden, bevor er mit dem Kopf nickte. Das war das Zeichen für die Krieger, die Halterungen zu lösen. Sofort zischte die Maschine los und holperte über den unebenen Boden. Axel und Poppi drückten die Augen zu und hielten sich fest. Duarte riss das Steuer an seine Brust und brüllte dabei. Es klang wie ein Stoßgebet. Das Flugzeug schien es erhört zu haben. Die Maschine stieg steil nach oben.

Nach dem geglückten Start wagten die beiden Juniordetektive einen Blick aus dem Fenster. Sie hatten es geschafft. Die Wipfel der Bäume lagen unter ihnen. Der Fluss mit seinen weiten Schlingen wand sich durch den Dschungel. Poppi und Axel dachten an ihre Freunde, die auf ihre Rettung hofften. Würde es ihnen gelingen, Lilo und Dominik zu befreien?

„Wir werden einige Zwischenlandungen machen müssen, bevor wir Rio erreichen!“, schrie der Pilot durch den Motorenlärm. „Beim ersten Stopp werden wir gleich einmal etwas essen."

Damit waren die Juniordetektive einverstanden.

„Falls euch jemand etwas fragt, antwortet nicht. Ab jetzt seid ihr stumm! Und ich bin euer Onkel. Habt ihr das verstanden?"

Poppi zog die Augenbrauen hoch und schnappte nach Luft. Hießen Lilos Pfiffe vielleicht doch, dass Duarte eine Gefahr war? Warum war sein Flugzeug wieder intakt? Woher kam der Treibstoff? Es waren doch Löcher in den Tanks der Tragflächen! Da stimmte etwas nicht!

Das Mädchen beugte sich zu Axel und erzählte ihm, was sie dachte. Der Junge war total überrascht. Auf die Idee, dass Duarte gefährlich sein könnte, wäre er nie gekommen.

Axel klopfte Duarte auf die Schulter. „He, du, warum fliegt deine Kiste wieder? Wo ist der Treibstoff her? Hast du mit denen etwas zu schaffen?", schrie er ihm ins Ohr.

Duarte verlor nicht einmal für den Bruchteil einer Sekunde die Beherrschung. „Ich? Wie kommst du darauf? Ich bin euer Freund, der mit euch in ein und derselben Falle sitzt. Wegen euch bin ich überhaupt in diese Katastrophe geraten. Atalpacoa hat es auf euch abgesehen und deswegen das Flugzeug vom Himmel geholt. Ich weiß auch nicht, wo er den Treibstoff herhat. Vielleicht aus einer der anderen Maschinen. Und eines sage ich dir: Schnauz mich nie wieder so an! Sonst setze ich euch ab und tauche irgendwo unter. Das ist für mich überhaupt kein Problem. Für eure Freunde allerdings schon!"

Axel ließ sich nach hinten fallen und verschränkte die Arme. Er hatte das Gefühl, einen Freund zu Unrecht beschuldigt zu haben. Das durfte ihm nie wieder passieren, schwor er sich.

Paolo

Nachdem Axel, Poppi und Duarte zum Flugzeug gebracht worden waren, hatten die Qualen für Lilo, Dominik und Gloria ein Ende. Die drei wurden in ein Haus geführt, in dem es angenehm kühl war. Dort bekamen sie zu essen und zu trinken. Nach der Mahlzeit wurde ihnen eine große Schale mit der roten Soße hingestellt. Eine freundlich lächelnde Frau forderte sie immer wieder auf zu trinken und versuchte ihnen zu vermitteln, wie glücklich das Zeug machte.

Die drei wussten, dass jeder Widerstand zwecklos war, und nickten zustimmend. Sie beugten sich über die Schale und taten so, als würden sie den roten Saft aus ihren hohlen Händen schlürfen. In Wahrheit pritschelten sie nur ein wenig herum und verschütteten die Droge auf dem Boden.

Müde lehnten sich die Gefangenen gegen die Mauern und nickten ein. Durch einen schrillen Schrei wurden sie geweckt. Benommen öffnete das Superhirn die Augen – seine Lider waren schwer wie Blei. Es blinzelte zum Eingang des Häuschens.

„Der große Atalpacoa hat Gnade mit euch!“, verkündete der Jaguar-Mann. Man hätte meinen können, dass die Knickerbocker alle Film-Oscars und Detektivauszeichnungen auf einmal erhalten würden. „Ab sofort dürft ihr euch in unserer Stadt frei bewegen. Doch es ist euch nicht erlaubt, das Federkleid der Anhänger Atalpacoas zu tragen. Hier ist euer Gewand.“

Mit diesen Worten schleuderte er den Juniordetektiven ihre Sachen zu. Gloria erhielt ein zerschlissenes weißes Stoffkleid.

„Der große Atalpacoa hat weiters entschieden, euch nach Ablauf der drei Tage nicht in das Donnerloch zu werfen!"

Lilos und Dominiks Augen strahlten.

„Solltén eure Freunde versagen", fuhr der Magier fort, „werden sie nie wieder zurückkehren. Ihr aber dürft dann in diesem glücklichen Reich leben, in dem die Menschen frei wie Vögel sind."

Die Stimmung der beiden Knickerbocker sank wieder ins Bodenlose.

Trotzdem war es angenehm, nicht mehr wie ein Sträfling behandelt zu werden. Die Juniordetektive und Gloria traten zaghaft ins Freie und blickten sich um.

Die Bewohner der Dschungelstadt schienen alle sehr beschäftigt zu sein. Die meisten Untertanen Atalpacoas hatten ihre prachtvollen Federkostüme gegen einfache Lendenschurze aus Fellen oder Lederstücken getauscht.

Nach und nach leerten sich die kleinen Gassen und Plätze der Stadt. Zu ihrer großen Überraschung standen die drei freigelassenen Gefangenen auf einmal allein da. Da eilte ein Mann an ihnen vorbei, den Gloria auf Portugiesisch ansprach. Sie wollte von ihm erfahren, was los war.

„Er geantwortet, sie dem Donnergeist ein neues Fenster graben. Fenster soll besänftigen den Geist. In letzter Zeit Geist oft böse! Atalpacoa sagen, Fenster einziger Weg! Atalpacoa versuchen, Donnergeist milde machen."

Lilo und ihr Kumpel sahen einander ratlos an. Was hatte das zu bedeuten?

Die tropische Hitze war unerträglich. Die feuchte Luft legte sich wie ein lähmendes Gewicht auf die geheimnisvolle Dschungelstadt. Deshalb zogen sich die drei in ihr Haus zurück, um ihre Kräfte zu schonen. Erst als der Abend hereinbrach und es ein wenig abkühlte, gingen sie wieder ins Freie.

Lieselotte musste ständig an das Telefon denken, das sie im Arbeitszimmer Atalpacoas gesehen hatte. Jetzt, da kein Mensch in der Nähe war, gab es vielleicht eine Chance, mit der Außenwelt Kontakt aufzunehmen. Wenn es ihnen gelingen würde, ihre Position durchzugeben, könnte sich ein Suchtrupp auf den Weg machen.

Lilo weihte ihre beiden Leidensgenossen in ihren Plan ein. Mit klopfendem Herzen machten sie sich auf den Weg und kletterten über die vielen Stufen zur Plattform hinauf, auf der die Pyramiden standen. Das Superhirn schlich zum Eingang der rechten Pyramide. Im Schein zweier Ölfeuer sah das Mädchen zwei Krieger stehen, die den goldenen Thron bewachten, der diesmal in der Eingangshalle abgestellt war. Einer der beiden war Paolo, Glorias Freund.

„He, Lieselotte, bitte wende dich einmal diesem Donnerloch zu!“, rief Dominik.

Das Mädchen huschte zu seinem Kumpel. Dominik hatte sich vor dem Grauen erregenden Schacht hingekniet und starrte in die Tiefe.

„Bitte, schwenke deine Nase über die Öffnung!“, empfahl der Knickerbocker. Wenn er sehr aufgeregt war, redete er noch gespreizter als sonst. Ausnahmsweise ärgerte sich Lieselotte nicht darüber, sondern tat, was Dominik von ihr wollte.

„Riechst du etwas?“, erkundigte er sich.

Lilo schnupperte und runzelte die Stirn. Sie knetete ihre Nasenspitze und brummte: „Das stinkt … bisher ist mir das nicht aufgefallen.“

Dominik nickte und sagte: „Rund um das Donnerloch stehen sonst immer Töpfe mit starken Duftkräutern. So kann der Gestank von niemandem wahrgenommen werden.“

Das Oberhaupt der Knickerbocker-Bande war fassungslos. „Ich bin sicher, dass es hier nach Erdöl riecht“, meinte Lilo. Ihr Kumpel gab ihr Recht.

Lieselotte spann ihren Gedanken weiter: „Vielleicht ist das ein natürliches Loch, das zu einem Erdölfeld führt und bei einem Erdbeben freigelegt wurde.“

Dominik war da anderer Meinung: „Ich glaube, dass es sich eher um ein Bohrloch handelt.“

Nachdenklich kaute Lilo auf einer ihrer blonden Zopfspitzen und meinte schließlich: „Dominik, wenn die Bewohner der Stadt jetzt ein neues Fenster für den Donnergeist schaffen, heißt das, sie legen noch ein Bohrloch an. Atalpacoa missbraucht seine Anhänger also als Sklaven. Es ist unfassbar!“

Hinter den beiden Knickerbockern ertönten Schritte. Einer der beiden Krieger war aus der Pyramide getreten und marschierte die Treppe hinunter.

Gloria, die vor dem Eingang auf und ab ging, rief leise: „Paolo … Paolo!“ Sie wollte sich nicht damit abfinden, dass sich ihr Freund, den sie über alles liebte, so verändert hatte.

Mit geröteten Augen wandte sie sich an ihre jungen

Freunde. „Paolo … sein Land … ist worden weggenommen … hier im Wald … gemeine Art, einfach weggenommen … und alle Bäume gefällt … Holz sein sehr wertvoll. Aber Paolo dafür kein Geld bekommen. Ausgetrickst von reichem Mann. Paolo zu Atalpacoa … will Gerechtigkeit!"

Lieselotte kam eine Idee: „Es kann sehr gut möglich sein, dass Atalpacoa derjenige war, der Paolo um sein Land betrogen hat. Sag ihm das!"

Gloria trat zum Eingang der Pyramide und begann leise auf Paolo einzureden. Sie hatte große Angst, von ihrem Geliebten abermals zurückgewiesen zu werden. Aber ihre Worte schienen zu wirken.

Der kleingewachsene Brasilianer kam heraus und sprach mit ihr.

Vorsichtig näherte sich Lilo und raunte Gloria zu: „Frag ihn bitte, ob Atalpacoa oder der Jaguar-Mann in der Stadt sind. Wenn nicht, versuch ihn zu überreden, dass er uns nach unten lässt. Vielleicht können wir zum Telefon. Das wäre unsere Rettung!"

Die Frau verschwand mit Paolo in der Pyramide: Dort konnten sie weder beobachtet noch belauscht werden. Nach kurzer Zeit kehrte sie zurück und bedeutete den Knickerbockern, ihr zu folgen.

Paolo beachtete die drei nicht, als sie an ihm vorbeihasteten und die Treppe hinunterliefen. Die Tür zum Vorraum des Geheimzimmers stand offen.

Zwei tragbare Petroleumlampen standen davor. Zu ihrer Verwunderung entdeckte Lieselotte noch eine Tür! Ihre Neugier war so groß, dass sie sofort darauf zuging und sie zu öffnen versuchte. Der Riegel ließ sich problemlos zur Seite schieben.

Atalpacoa genoss absoluten Gehorsam und hatte es anscheinend nicht nötig, seine Räumlichkeiten abzuschließen. Keiner würde es wagen, sie zu betreten. Mit den Knickerbockern hatte er jedoch nicht gerechnet!

Lilo schnappte eine Petroleumlampe und leuchtete damit in das Zimmer, auf das sie eben gestoßen war. Was sie dort sah, ließ sie zurückzucken.

Ankunft in Rio

Es war bereits Nacht, als Poppi und Axel in Rio ankamen. Duarte hatte ihnen mitgeteilt, dass er auf einem kleinen Privatflughafen landen wollte. Im Anflug drehte er einige Runden über der riesigen Stadt, die um diese Tageszeit einem wahren Lichtermeer glich. Hoch oben auf einem Berg strahlte die riesige Christusstatue, eine der beliebtesten Sehenswürdigkeiten von Rio de Janeiro. Wie ein langes weißes Band lag die Copacabana - der berühmteste Badestrand der Welt - zwischen der Stadt und dem Meer. Auch den so genannten Zuckerhut entdeckten die Knickerbocker. Dieser Felsen ist das Wahrzeichen von Rio und trägt seinen Namen zu Recht. Er hat die Form eines Zuckerhutes und erhebt sich auf einer großen Halbinsel vor der Stadt.

„Am Fuß des Zuckerhutes lebt Diego de Riviera", rief Duarte den Juniordetektiven zu. Für kurze Zeit hatten diese die schwierige Aufgabe, die sie meistern mussten, verdrängt.

„Wir müssen es schaffen, wir müssen, wir müssen, wir müssen!", murmelte Axel vor sich hin.

Das Unternehmen, in das die beiden Gefangenen hineingeraten waren, schien gründlich geplant. Auf dem Flugplatz wartete bereits ein klappriger Lieferwagen. Axel und Poppi mussten im Laderaum sitzen. Duarte drückte ihnen einige alte Kissen in die Hand, die die Fahrt angenehmer machen sollten.

Der Pilot, der nach dem langen Flug sehr erschöpft war, schob sich hinter das Lenkrad und fuhr los. Durch

zwei kleine Guckfenster in den Seitenwänden des Wagens konnten die Knickerbocker nach draußen schauen. Vor ihnen tauchte eine fremde Welt auf.

Rio hat viele Gesichter: Da leben die Ärmsten der Armen und einige Straßen weiter die Reichsten der Reichen. Hinter gigantischen Hochhäusern stehen verwahrloste Wellblechhütten.

Die zwei Freunde kamen aus dem Staunen nicht heraus. Auf einem Platz fand eine Samba-Vorführung statt. Frauen in glitzernden, goldbesetzten Kostümen und Männer in engen, schneeweißen Anzügen tanzten ausgelassen zum Rhythmus der beschwingten Musik. Auf demselben Platz fand auch ein lautstarkes Fußballmatch statt. Eine Schar Kinder kickte mit einer leeren Coladose. Vielleicht hoffte der eine oder andere, eines Tages ein großer Fußballstar zu werden.

Nach einer langen Fahrt bog Duarte in eine ruhige Straße ein. Hier waren die Häuser sehr luxuriös. Sie schmiegten sich an einen Felsen, über dem sich der Zuckerhut erhob.

Schon bald hielt Duarte in einer engen Gasse und öffnete die Ladeklappe. „Seht ihr dort vorn das hell beleuchtete weiße Haus?“, fragte er Axel und Poppi, die aus dem Wagen krochen.

Die beiden nickten.

„Dort wohnt Diego de Riviera.“

Axel musterte den sehr hohen eisernen Zaun. Er hatte lange, lanzenförmige Spitzen. Darüber zu klettern war völlig ausgeschlossen. Zwischen den Büschen und Bäumen brannten gleißend helle Scheinwerfer, die den Garten grell erleuchteten. Normalerweise haben nur Leute, die sich sehr vor Einbrechern fürchten, so eine Festbeleuchtung!, dachte sich Axel. Oder dieser Diego de Riviera ist ein Angeber, der mit seinem Haus protzen will.

„Hat dir Atalpacoa verraten, wie wir an diesen de Riviera herankommen sollen?“

Duarte verzog das Gesicht und nickte. „Doch! Es gibt einen einzigen Weg und der heißt … Mitleid!“

Ohne Eile schlenderte er zur Fahrerkabine und öffnete sie. Er rief etwas und pfiff leise. Poppi und Axel konnten nicht erkennen, was er vorhatte.

Ein Schatten sprang heraus. Duarte schrie etwas und der Schatten setzte sich in Bewegung. Er raste auf die beiden Knickerbocker-Freunde zu.

Axel brüllte aus Leibeskräften. Er starrte nämlich in das weit aufgerissene Maul eines Jaguars, in dem vier lange, scharfe Reißzähne prangten. Das Tier ging auf ihn los, riss ihn zu Boden und versuchte sich in seinen Hals zu verbeißen.

„Hilfeeee!“, kreischte Poppi. „Hilfeeeee!“

Duarte dachte nicht daran, den beiden zu helfen. Er stieg ins Auto und rief ihnen zu: „Kein Wort! Vergesst nicht, ihr seid stumm!“ Dann fuhr er einfach davon.

Axel wehrte sich verzweifelt. Doch er hatte keine Chance. Das Tier bewegte sich nicht. Es stand mit seinen dicken Tatzen auf seiner Brust und fauchte angriffslustig. Dabei warf es den den Kopf unruhig hin und her. Nun fiel Axel das Blut auf, das aus dem Maul der Wildkatze tropfte. Auch ihr Fell war blutverschmiert. „Er hat mich … verletzt!“, schoss es dem Knickerbocker durch den Kopf.

Poppi stand völlig hilflos daneben und zitterte am ganzen Körper. Sie wusste nicht, wie sie Axel helfen

sollte. Wenn sie den Jaguar anfasste, stürzte er sich vielleicht auf sie. Er hatte ungeheure Kraft und konnte einen Menschen durch einen bloßen Prankenhieb schwer verwunden oder sogar töten. Warum hatte ihn Duarte auf sie gehetzt?

Hinter dem Mädchen wurde das Brummen eines Motors hörbar. Kam Duarte zurück, um sie von der Raubkatze zu befreien? Zwei grelle Scheinwerfer blendeten Poppi.

Aufgeregt winkte sie mit beiden Armen und bedeutete dem Auto anzuhalten. Sie durfte kein Wort sagen, musste aber unter allen Umständen den Fahrer des Wagens dazu bewegen, ihnen zu helfen.

Der Wagenlenker war über das Hindernis sehr ungehalten. Ungeduldig drückte er auf die Hupe, um Poppi zu verscheuchen. Er schien den verzweifelten Jungen am Fahrbahnrand nicht gesehen zu haben. Der Jaguar stand mit allen vieren auf ihm und drückte ihm mit seinem Gewicht fast die Luft ab. Immer wieder ließ das Tier den Kopf vorschnellen, als wollte er Axel in den Hals beißen.

Poppi lief bis zur Kühlerhaube des teuren Sportwagens und zeigte auf Axel. Sie klopfte auf das heiße Blech, hastete zum Fahrerfenster und wollte die Tür öffnen. Augenblicklich verriegelte der Fahrer das Auto. Poppi presste ihr Gesicht gegen das Glas und warf dem dunkelhaarigen Mann einen flehenden Blick zu. Der Lenker blickte zu Axel und dann auf das Mädchen. Schließlich trat er auf das Gaspedal und rollte weiter.

Poppi wollte „Nein, halt!“ schreien, erinnerte sich aber in letzter Sekunde daran, dass sie ja keinen Ton von sich geben durfte.

Der Sportwagen fuhr auf das Gittertor zu, hinter dem die beleuchtete Villa lag. Saß Diego de Riviera hinter dem Steuer? Wenn ja, warum ließ er sich dann nicht von so einer entsetzlichen Sache rühren? War es ihm gleichgültig, dass vor seinem Haus ein Junge von einem Jaguar zerfleischt wurde?

Atalpacoa schreckt vor nichts zurück

Beinahe zur selben Zeit starrte Lieselotte auf drei regungslose Körper. Es handelte sich um zwei Männer und eine Frau, die steif und leichenblass auf Bahren lagen. In ihren Unterarmen steckten Injektionsnadeln, die mit einem dünnen Schlauch verbunden waren. Die drei Menschen bekamen also Infusionen verabreicht.

Lieselotte war sehr erleichtert: Die Menschen atmeten. Aber wer waren sie? Warum hatte man sie in einen Tiefschlaf versetzt? Lilo durchstöberte die Hosen- und Jackentaschen der Männer und holte ihre Brieftaschen heraus. Außerdem entdeckte sie neben der Frau eine kleine Lederhandtasche. Sie öffnete sie und fand einen Ausweis.

Gloria und Dominik waren Lilo gefolgt und zu ihr getreten. Sie betrachteten die schlafende Frau und anschließend das Dokument. Erschrocken holte Gloria tief Luft.

„Was ist denn?“, fragte Lieselotte.

Gloria nahm ihr die Brieftaschen aus der Hand und suchte nach Kreditkarten und Personalausweisen. Sie studierte die Papiere und meinte dann: „Bevor ich gekommen hierher … in der Zeitung ich gelesen einen Bericht. Diese drei Leute sind von Universität. Sie beschäftigen sich mit Regenwald. Mit … ich weiß nicht, wie ich soll sagen … mit Gold, mit Erdöl, mit Schätzen im Boden, Metallen, die hier sein sollen. Alle drei sind verschwunden … mit Flugzeug!“

Lilo schüttelte ungläubig den Kopf und sagte: „Wie wir! Atalpacoa hat sie zu sich geholt, weil er sie braucht. Aber wahrscheinlich haben sie Widerstand geleistet und sind auf seine faulen Tricks nicht reingefallen. Deshalb hält er sie in einem künstlichen Tiefschlaf, dieser Schuft. Wenn er das noch länger macht, können sie draufgehen. Er wird sie erst wecken, wenn er ihr Wissen braucht. Dieses Schwein ist mit allen Wassern gewaschen!"

„Dieses Schwein ist der mächtige Atalpacoa, und ihr seid nicht länger würdig, unter seinen Augen zu leben!", schrie eine bekannte Stimme hinter ihnen. Die Eindringlinge drehten sich entsetzt um und starrten in das wutverzerrte Gesicht des Jaguar-Mannes. Er stampfte mit seinem Speer auf den Boden und brüllte etwas auf Portugiesisch.

Gloria schlug die Hände vors Gesicht und begann heftig zu schluchzen: „Mein Paolo … er … er uns verraten! Man ihm befohlen, uns vorbeizulassen, wenn wir kommen. Er dann sofort holen den Magier. Paolo nicht geändert sich hat. Er immer sein auf Seite von Atalpacoa. Alles seine Schuld, wenn sie jetzt sein böse mit uns!"

Lilo und Dominik wichen einen Schritt zurück, als der Jaguar-Mann auf sie zukam. Atalpacoa hatte alles geplant und sie ins offene Messer rennen lassen. Er hatte dafür gesorgt, dass die Straßen der Stadt menschenleer waren, und wollte sehen, was sie unternehmen würden.

„Was … was … geschieht jetzt mit uns?", krächzte Lieselotte. Sie brachte kaum einen Ton heraus.

Der Jaguar-Mann grinste widerlich und sagte nur:

„Wir warten ab, was eure Freunde zu Stande bringen. Sie müssen sogar ihr Leben aufs Spiel setzen, um an den goldenen Pavian heranzukommen. Es bleiben ihnen noch 48 Stunden. Keine Sekunde länger! Und sie werden es nicht rechtzeitig schaffen. Ich glaube einfach nicht daran … Wir hätten euch nie holen sollen. Auf Kinder ist kein Verlass. Oder doch? Nun ja, das Einzige, was zählt, ist der goldene Pavian!"

„Was geschieht jetzt mit uns? Was haben Sie vor?" Lilo blieb hartnäckig.

„Ihr werdet verreisen. Und zwar an ein wunderschönes Fleckchen Erde. Dort dürft ihr zwei paradiesische Tage genießen, bevor es euch an den Kragen geht!" Der Jaguar-Mann legte seinen Kopf in den Nacken und lachte schallend.

Sein Lachen ließ Lilo und Dominik das Blut in den Adern stocken.

In Rio meinte es das Schicksal mit ihren Knickerbocker-Freunden auch nicht besser. Poppi und Axel waren völlig verzweifelt. Poppi wollte de Riviera dazu bringen, dass er ihnen half. Hatte er ein Herz aus Stein?

Poppi sah, wie ein Diener in einer weißen Livree das große Gittertor öffnete und vom Fahrer, den sie für Diego de Riviera hielt, zum Wagenfenster gewinkt wurde. Er hörte zu, antwortete und verschwand dann. Nach nicht einmal einer Minute kehrte er hastig zurück und zerrte etwas hinter sich her. Mit einem lauten Zischen schoss ein starker Wasserstrahl durch die Luft. Er traf den Jaguar, der augenblicklich von seiner Beute abließ und verschwand.

Prustend richtete sich Axel auf und bekam den Wasserstrahl mit voller Wucht ins Gesicht, sodass er zurück auf den Asphalt geschleudert wurde. Erst jetzt bemerkte der Diener, dass der Jaguar schon vertrieben war, und drehte das Wasser ab.

„Axel, du blutest ja. Bist du verletzt?", weinte Poppi und stürzte zu ihrem Kumpel.

„Klappe!", zischte dieser und versuchte zu Atem zu kommen. Poppi schlug sich erschrocken auf den Mund und hockte sich neben dem Jungen hin.

„Der Jaguar … der war mit künstlichem Blut beschmiert! Das haben die … also die Leute von Atalpacoa gemacht, damit dieser Diego de Riviera auf uns aufmerksam wird. Die schrecken wirklich vor nichts zurück!"

„Und jetzt? Was sollen wir tun? Wie kommen wir an ihn heran? Dieser Typ scheint total vorsichtig zu sein, sonst wäre er doch ausgestiegen und hätte uns geholfen", meinte Poppi.

„Das glaube ich nicht", sagte Axel. „Hier in Rio gibt es viele Straßenkinder, die sich mit Schuheputzen, Betteln oder gar Stehlen durchbringen müssen. Vielleicht hat er das für einen besonderen Trick gehalten, um ihn zum Aussteigen zu bewegen. Und damit hat er ja auch Recht! Aber komm, wir müssen auf jeden Fall zu dem Eisenzaun und uns dort hinsetzen. Was haben der Jaguar-Mann und auch Duarte gesagt? Wir sollen Mitleid erregen!"

Gebückt schlichen die Juniordetektive zum Gittertor. Der Diener in der weißen Uniform war verschwunden, und auch sonst schien sich niemand in der Nähe des Zaunes aufzuhalten. Und das Haus sah ziemlich unbewohnt aus.

Erschöpft sanken die beiden Freunde neben dem Gittertor auf eine niedere Mauer, in der die Eisenstangen des Zaunes verankert waren. Sie fühlten sich hilflos und von aller Welt verlassen.

Angestrengt grübelten sie, wie sie das Vertrauen de Rivieras erlangen konnten. „Was ist an diesem goldenen Pavian wohl dran?", überlegte Axel. „Diese Geschichte mit dem Glücks- und Unglücksbringer glaube ich nicht. Außerdem ist der Pavian kein Affe, der hier in Südamerika vorkommt. Und erst recht kein Vogel, der in das Reich des Atalpacoa passt. Immerhin ist er aus Gold. Aber ist so ein Klumpen Gold diesen Aufwand wert? Nein, bestimmt nicht."

Poppi dachte fieberhaft nach, wie sie ihren Auftrag in so kurzer Zeit erfüllen sollten, um das Leben ihrer Kumpel zu retten. Sie lehnte sich an Axels Schulter, weil sie kaum noch aufrecht sitzen konnte. Ihr Knickerbocker-Freund legte schützend den Arm um sie. Er kam sich dabei wie ein echter Held vor. Bald spürte er, wie der Kopf seiner Freundin immer schwerer wurde und sie einnickte. Auch Axel übermannte der Schlaf.

Der erste Tag in Rio war bereits vergangen. Nur noch 48 Stunden blieben Poppi und Axel, um de Riviera den goldenen Pavian abzuluchsen.

Diego de Riviera

Als Axel wieder munter wurde, war es bereits ein Uhr nachts. Der Junge hielt die schlafende Poppi im Arm und bemerkte, dass er beobachtet wurde. Langsam sah er sich um. Durch die Beleuchtung der Villa war die Umgebung gut zu erkennen. Auf einer Stange neben der Einfahrt war eine Videokamera befestigt, die genau auf die Knickerbocker gerichtet war. Axel starrte in das schwarze Loch des Objektivs und dachte: Bitte, lass uns doch rein!

Vorsichtig nahm er den Arm von Poppi und lehnte das Mädchen an den Zaun. Er stand auf und machte ein paar Schritte. Augenblicklich schwenkte die Kamera ihm nach. Entweder tat sie das automatisch oder Diego de Riviera saß in seinem Haus und bediente sie per Fernsteuerung.

Axel ließ die Videokamera nicht aus den Augen und ging noch ein Stückchen. Dabei prallte er gegen jemanden und riss erschrocken den Kopf nach oben. Der Junge wurde vor Schreck kreidebleich. Vor ihm stand der Jaguar-Mann! Er hatte seinen Kopfschmuck aus Knochen, einem Jaguarschädel und langen schwarzen Federn tief in die Stirn gezogen und vor seinen Augen hing ein Fellstreifen, in den zwei Löcher geschnitten waren.

Wie kam er hierher? Warum war er ihnen denn gefolgt?

Axel zuckte zurück. Mit weit aufgerissenen Augen starrte er den Magier an, der drohend seinen Speer hob.

Der Jaguar-Mann befahl: „Tu so, als hättest du schreckliche Angst vor mir!"

Das war die Stimme von Duarte!

„Keine Fragen", raunte ihm der Mann zu. Dabei hätte Axel zu gern gewusst, warum ihnen der Pilot nichts von dem blutverschmierten Jaguar gesagt hatte.

Jetzt war auch Poppi erwacht und presste die Hand auf den Mund, um nicht laut loszuschreien.

Die Gestalt zückte ein Messer, an dem mehrere Jaguarschwänze hingen, und richtete den Speer auf die beiden. Mit einem lauten Schrei griff er die Knickerbocker an, die auseinanderstoben und wegrannten.

Duarte verfolgte Poppi. Das Mädchen war noch ganz verschlafen und stolperte. Sie hatte nicht mitbekommen, dass sie es mit Duarte zu tun hatte. Dieser machte mit dem Speer beschwörende Bewegungen und stach mit dem Messer in die Luft.

Axel wurde so wütend über Duartes Verhalten, dass er Anlauf nahm und ihn von hinten anfiel. „Was soll das? Hilfst du uns oder … oder bist du doch einer von ihnen?", keuchte er.

Der Pilot schüttelte ihn wie eine Fliege ab und zischte: „Was macht das schon für einen Unterschied? Hauptsache, der Kerl kommt heraus, um euch zu retten. Wenn er überzeugt werden muss – bitte!" Duarte holte mit dem Messer weit aus, und Axel war klar, dass er es ernst meinte.

Da peitschte ein Schuss durch die Nacht. Und eine sehr tiefe Stimme stieß wilde Drohungen aus. Duarte grinste Axel hämisch an, machte kehrt und verschwand in der Dunkelheit der Nacht.

Die beiden Juniordetektive erhoben sich wimmernd

und tappten aufeinander zu. An einem langgezogenen Quietschen erkannten sie, dass das Gittertor geöffnet wurde und jemand zu ihnen kam.

Es war ein sicher zwei Meter großer Mann, der sie mit freundlichen Augen anschaute. Er streckte den jämmerlich und armselig aussehenden Kindern hilfsbereit seine Hände entgegen und nahm sie in die Arme. Auf Portugiesisch redete er mit ruhiger Stimme auf sie ein.

Als die beiden ihm nicht antworteten, schüttelte er sie leicht.

Poppi deutete auf ihren Mund und machte eine verneinende Bewegung mit der Hand. Damit wollte sie ihm zeigen, dass sie stumm waren. Der Mann schien zu verstehen und nickte. Dabei lächelte er mitfühlend.

Er nahm Poppi und Axel an der Hand, ließ das Gittertor schließen und im Pförtnerhaus einen Schalter umkippen. Axel vermutete, dass nun der dünne Draht, der von Eisenstange zu Eisenstange gespannt war, unter Strom stand, um ungebetene Gäste von der Villa fern zu halten.

Wie zwei geprügelte Hunde trotteten die Knickerbocker neben ihrem Retter auf das Haus zu. Sie wollten allerdings verhindern, dass der Eindruck entstand, sie wären wild darauf, mitgenommen zu werden. Deshalb blieb Axel immer wieder stehen und zögerte. Jedes Mal redete der Mann beruhigend auf ihn ein und der Junge folgte ihm wieder ein Stück.

Schließlich hatten sie die Villa erreicht und wurden in eine große Halle geführt, deren Decke auf mehreren hohen Säulen ruhte.

Weiß schien eindeutig die Lieblingsfarbe des Mannes zu sein.

Alle Wände, alle Möbel und alle Leuchten waren weiß. Nur auf der Treppe lag ein grellroter Teppich.

Der Mann stellte sich vor und nannte seinen Namen. Er klang in den Ohren der Juniordetektive wie der Hit des Jahres. Nun hatten sie Gewissheit: Sie standen vor Diego de Riviera!

De Riviera reichte Axel und Poppi Papier und Kugelschreiber und forderte sie auf, ihre Namen aufzuschreiben. Als Axel sofort zu schreiben begann, wurde ihm bewusst, dass er einen Fehler begangen hatte. Ein echtes Straßenkind konnte nicht schreiben. Er zögerte, aber de Riviera hatte bereits gemerkt, dass mit seinen Schützlingen etwas nicht stimmte. Wieder sprach er auf sie ein. Als diese aber nicht reagierten, wurde er misstrauisch und wandte sich von den beiden ab.

Nein, bitte wirf uns nicht raus!, dachte Axel. Sollte er vielleicht die Wahrheit sagen und gestehen, dass sie Deutsch sprachen?

Der Junge schnappte den Block und schrieb: „Wir können Deutsch und ein bisschen Englisch und heißen Axel und Poppi!“

Diego de Riviera zog erstaunt die Augenbrauen hoch und fragte auf Deutsch: „Wie kommt ihr hierher? Wer hat euch den Jaguar auf den Hals gehetzt und warum ist dieser seltsam kostümierte Typ auf euch losgegangen?“

Jetzt hieß es gut schwindeln! Die Antwort musste so perfekt sein, dass der Mann sie glaubte und nicht mehr daran zweifelte, die beiden Knickerbocker beschützen zu müssen.

Axel kritzelte ihre angebliche Leidensgeschichte auf den Block: „Vor einem Jahr sind wir mit unseren Eltern nach Rio gekommen. Urlaub! Am Strand haben wir eine Frau kennen gelernt, die uns eingeladen hat, ihre Kinder-Samba-Schule zu besuchen. Wir sind allein hingegangen und dort betäubt worden. Als wir erwachten, konnten wir nicht mehr sprechen. Wir wurden weggebracht, in eine Kohlenmine, wo wir wie Sklaven schuften mussten. Wir konnten nicht fliehen. Aber vor drei Tagen haben sie uns laufen lassen. Wir wussten nicht warum, bis wir bemerkt haben, dass dieser Jaguar-Mann hinter uns her ist! Er jagt uns wie Tiere. Es macht ihm Spaß, uns zu verfolgen und dann laufen zu lassen. Wir sind verzweifelt und wissen nicht mehr ein und aus. Bitte, helfen Sie uns."

Diego de Riviera schien zu überlegen, ob er diese Geschichte glauben sollte. Er betrachtete sie prüfend und schüttelte schließlich den Kopf.

Oh nein, dachte der Junge. Er nimmt mir mein Märchen nicht ab und wirft uns wieder hinaus. Ich habe wahrscheinlich zu dick aufgetragen …

Axel und Poppi zogen ängstlich die Köpfe ein.

Die Zeit läuft

„So verrückt und fröhlich die Menschen in diesem Land trotz Armut sein können, so grausam und brutal sind sie manchmal gegen alle, die sich nicht wehren können. Ihr müsst Entsetzliches durchgemacht haben. Morgen früh bringe ich euch zur Botschaft eures Heimatlandes. Die Schrecken sind vorbei, das verspreche ich euch!“

Diese Worte waren für die Knickerbocker eine Erlösung. Sie hatten allerdings ein sehr schlechtes Gewissen, weil sie diesen freundlichen und herzlichen Mann anlügen und bestehlen mussten, um ihre Kumpel zu retten.

„Eine Frage habe ich noch“, setzte Diego de Riviera fort.

Die Juniordetektive blickten ihn fragend an.

„Was hat euch ausgerechnet in diesen Teil der Stadt verschlagen?“

Axel wurde es siedend heiß. Was sollte er antworten? Schließlich zuckte er nur mit den Schultern und deutete an, dass sie auf der Flucht gewesen und hierher gelaufen wären.

Diego de Riviera ließ es dabei bewenden und nickte zufrieden. Er führte die beiden in das riesige Wohnzimmer, das mit Marmor ausgelegt war.

Verlegen lächelnd legte der Mann Decken auf seine weißen Polstersessel, bevor er den Knickerbockern einen Platz anbot. „Entschuldigt, dass ich euch nicht sofort geholfen habe, aber … ich … ich habe nicht gewusst, ob es sich nicht um ein abgekartetes Spiel handelt, um mich zu überfallen. Ich bin natürlich sehr misstrauisch und … na ja … ist egal!“

Axel hatte das Gefühl, dass ihnen der Mann vertraute. Er sprach ganz ungezwungen mit ihnen. „Ich versuche immer wieder, armen Kindern zu helfen. Manchmal mit Erfolg“, berichtete de Riviera. „Manchmal ist es aber auch sehr enttäuschend.“

An einer Wand entdeckte Axel ein großes gerahmtes Foto. Es zeigte ihren Retter mit zwei anderen Männern. Alle drei trugen Raumfahreranzüge und hielten ihre Helme unter dem Arm. Hinter ihnen war die Einstiegsluke einer Rakete zu erkennen. Überrascht erhob sich der Junge und humpelte auf das Bild zu. Ihm tat zwar nichts weh, aber er fand, dass Hinken dem Eindruck, den er vermitteln wollte, nur förderlich sein konnte.

Er betrachtete die drei Männer auf dem Foto. Einer hatte ein von Sommersprossen übersätes Gesicht und kurze rotblonde Haare. Er strahlte siegessicher. Der andere blickte etwas zweifelnd drein und besaß ein hartes, kantiges Gesicht. Axel deutete auf den dritten und drehte sich verwundert zu de Riviera um.

„Der mit den roten Haaren heißt Morris MacMillan, der andere ist John Landers und der dritte … ja, das bin ich!“, sagte de Riviera und der Stolz in seiner Stimme war nicht zu überhören. „Vor zwei Jahren war ich der erste Brasilianer im Weltraum. Ich nahm an einem Raumflug im berühmten Spaceshuttle teil. Wir sind drei Tage um die Erde gekreist und haben an Bord verschiedene Experimente gemacht. Einige waren sehr erfolgreich, einige gingen leider daneben. Na ja, nach meiner Rückkehr auf die Erde wurde ich von zahllosen Journalisten belagert. Alle wollten mit mir reden. Ich habe noch heute eine eigene Fernsehsendung, in der ich das Neueste aus der Welt der Technik erkläre. Ich mache außerdem Werbung für Getränke, für elektrische Geräte und für Schokoriegel, und damit verdiene ich ziemlich viel Geld. Allerdings geht mir der Medienrummel auf die Nerven, deshalb habe ich mich so weit wie möglich zurückgezogen."

Der Astronaut redete und redete. Er schien froh zu sein, so dankbare Zuhörer zu haben. „Deutsch habe ich an der Universität gelernt, Englisch auch. Portugiesisch ist meine Muttersprache und Spanisch beherrsche ich ebenfalls."

De Riviera machte eine Pause. An den müden Augen von Axel und Poppi erkannte er, wie erschöpft die beiden waren. „Ich zeige euch euer Zimmer. Legt euch hin und schlaft euch aus. Spätestens übermorgen seid ihr auf dem Weg nach Hause. Und keine Angst! In diesem Haus kann euch nichts geschehen. Es ist gut gesichert."

Die Juniordetektive lächelten dankbar und folgten ihm in den oberen Stock. Ihr Zimmer hatte die Größe eines Turnsaals und verfügte über zwei Bäder.

„Ihr werdet alles finden, was ihr braucht. Aber sagt, habt ihr keinen Hunger?", wollte de Riviera wissen. Er schien ein besonders sanftmütiger und liebenswerter Mensch zu sein, zeigte sich jedoch auch immer wieder ängstlich und scheu. Axel und Poppi hatten sogar großen Hunger und Durst, und deshalb statteten sie vor dem Schlafengehen der Küche einen Besuch ab.

Kurze Zeit später lagen sie gesättigt auf weichen Betten und unterhielten sich flüsternd. „Wir müssen uns beeilen, sonst bringt er uns wirklich zur Botschaft!“, meinte Poppi.

„Ich … ich glaube nicht, dass der irgendetwas gestohlen hat“, vermutete Axel.

„Dieser Atalpacoa will ganz einfach etwas haben, was de Riviera gehört. Übrigens habe ich den goldenen Pavian noch nirgends gesehen!“, sagte Poppi.

„Was soll das bloß alles?“, fragte sich Axel.

„Hoffentlich schlafen Lilo und Dominik auch so gut wie wir“, wisperte Poppi.

Gleich am nächsten Morgen wollten die beiden Knickerbocker sich auf die Suche nach dem goldenen Pavian machen, der für sie so wichtig war. Hoffentlich ist dieser Horror bald zu Ende!, dachte Axel, bevor er einschlief.

Lilo und Dominik verbrachten diese Nacht nicht in weichen Betten, sondern in der Gruft mit den donnernden Vögeln. Gloria war auch hierher gebracht worden, und gemeinsam setzten die drei alles daran, nicht die Nerven zu verlieren.

Als der nächste Tag anbrach, wurden sie in einen Hubschrauber verfrachtet und zu einer größeren Landebahn geflogen, wo sie in ein zweimotoriges Flugzeug umsteigen mussten. In der Maschine gab es keine Sitzreihen, es war ein Transportflugzeug. Einer der beiden Krieger, die die Gefangenen begleiteten, war Paolo. Gloria konnte ihm nicht eine Sekunde in die Augen blicken. Die ganze Reise über verbarg sie verzweifelt ihr Gesicht in den Händen. Es war für sie unerträglich, einem Menschen ausgeliefert zu sein, den sie einmal geliebt hatte.

Das Ziel der Reise wurde den dreien nicht verraten. Nach der Landung der Transportmaschine auf einem anderen Flughafen hieß es abermals umsteigen. Mit einem Hubschrauber ging es weiter.

Trotz aller Anspannung starrten Lilo und Dominik gebannt aus dem Fenster. Was sie jetzt sahen, war atemberaubend schön. Unter ihnen tobten ungeheure Wassermassen. Sie flogen über einem riesigen braunen Fluss dahin. Über Felskanten donnerte das Wasser ins Tal. Hier gab es nicht einen, sondern mehr als zweihundert Wasserfälle! Aus der Schlucht, in die das Wasser stürzte, erhob sich ein gigantischer Regenbogen.

Dominik, der vor jeder Reise stapelweise Bücher über das jeweilige Land verschlang, meinte: „Das müssen die berühmten Wasserfälle von Iguaçú sein!“

Lilos Miene war sehr ernst. „Wieso bringen sie uns gerade an diesen Ort? Was sollen wir da?“

Mehrere weitläufige, sehr unregelmäßig geformte Inseln, die durch Brücken miteinander verbunden waren, ragten aus dem breiten Fluss. Über die Brücken konnten die Touristen zu den Wasserfällen gelangen.

Allerdings gab es auch Inseln, zu denen kein Weg führte und die besonders knapp am Abgrund lagen. Auf einer dieser flachen, breiten Inseln setzte der Hubschrauber auf. Die Krieger kletterten ins Freie. Sie holten eine grob gezimmerte Holzkiste aus dem Laderaum, gegen die sich Lilo, Dominik und Gloria während des Fluges gelehnt hatten. Dann mussten die Gefangenen aussteigen.

Als Lieselotte den Kopf aus dem Hubschrauber steckte, wurde sie vom Donnern der mächtigen Wasserfälle und von Millionen Wassertröpfchen empfangen, die die Luft erfüllten. Paolo und sein Kumpane drückten dem Mädchen eine brasilianische Tageszeitung in die Hand und hoben sie in die Kiste. Dominik und Gloria mussten sich ebenfalls hineinzwängen. Die drei wurden mit einer Sofortbildkamera fotografiert. Danach durften sie wieder aus der Kiste steigen.

„Was haben die vor?", fragte Dominik leise.

Lilo wusste, wo sie Fotos von Leuten mit Zeitungen in der Hand gesehen hatte: in Filmen, in denen jemand entführt worden war. Die aktuelle Zeitung diente als Beweis dafür, dass das Foto nicht irgendwann, sondern an einem bestimmten Tag aufgenommen worden war.

Da entdeckte Lieselotte in Paolos Händen ein Metallrohr und eine Uhr. An jedem Ende des Rohrs befand sich eine große Öse, an der er gerade ein Seil befestigte. Dieses Seil zog er dann durch den Haltegriff der Kiste. Der zweite Krieger fotografierte jeden Schritt. Gemeinsam hoben sie schließlich die Kiste hoch und ließen sie ins Wasser gleiten. Wie ein Schiffchen schaukelte sie bald auf den Wellen. Während Paolo das Seil festhielt, damit die Holzkiste nicht von der Strömung abgetrieben wurde, schlug der andere einen langen Eisenpflock als Verankerung für das Halteseil in den Boden.

Lilo war sofort klar, was hier geschah. „Wir sollen jetzt bestimmt in die Kiste. Die Kiste wird nur von dem Seil gehalten, und in diesem Metallrohr ist ein Zeitmechanismus, wahrscheinlich eine kleine Bombe. Wird er ausgelöst, reißt das Seil und wir stürzen den Wasserfall hinab. Das überleben wir nie!"

Kaum hatte sie ausgesprochen, zückten die Krieger ihre Messer und zwangen ihre drei Gefangenen, wieder in die Holzkiste zu steigen. Jeder Widerstand war zwecklos.

„Vielleicht schaffen es Poppi und Axel rechtzeitig", stammelte Dominik. Er zog den Kopf ein, weil die Männer den Holzdeckel niederfallen ließen. Mit kräftigen Hammerschlägen nagelten sie die Kiste zu.

Am Schaukeln und Schlingern spürten die drei, dass sie nun auf den Fluss hinaustrieben und von den Wassermassen mitgerissen wurden. Ein heftiger Ruck zeigte an, dass das Seil gespannt war und den Absturz verhinderte.

Aber wie lange? Sie bekamen kaum Luft.

Ein neuerlicher Ruck ließ Lilo, Dominik und Gloria vor Schreck aufschreien. War das Seil gerissen?

Erfolglose Suche

Axel und Poppi erlebten einen schlimmen Tag. Bereits um sechs Uhr früh waren sie wach gewesen und aufgestanden. Sie durften keine Zeit verlieren. Doch wie sollten sie in diesem riesigen Haus eine Figur finden, von der sie nicht einmal wussten, wie sie aussah? War der Pavian eine naturgetreue Nachbildung oder hatte die Statue nur entfernte Ähnlichkeit mit einem Affen?

Sie begannen die Suche im untersten Stockwerk. Mit nackten Füßen schlichen die Juniordetektive über den Gang und öffneten vorsichtig jede Tür. Trotz des Zeitdrucks nahmen sie alle Zimmer sorgfältig unter die Lupe, von der Toilette bis zum Wohnzimmer, aber von einem goldenen Pavian war keine Spur zu entdecken. Diego de Riviera hatte für Dekoratives nicht viel übrig. Vasen, Gemälde oder Skulpturen waren nirgends zu sehen.

„Los, erster Stock!“, flüsterte Axel. Wieder steckten sie ihre Köpfe in alle Räume, aber ohne Erfolg. Im zweiten Geschoss gab es nur drei Zimmer. „In einem davon muss de Riviera schlafen“, fiel dem Jungen ein. Welche Tür sollten sie also als erste öffnen? Axel presste sein Ohr gegen die drei Türen und versuchte ein Geräusch aufzufangen. Vergeblich. In allen Zimmern war es still.

Poppi entschied sich für die Tür ganz links und drückte zaghaft die Klinke nieder. Sofort begannen im ganzen Haus Sirenen zu heulen. Die Tür wurde automatisch zugezogen und verriegelt.

„Hallo, Kinder … seid ihr das?“, ertönte die zitternde Stimme von Diego de Riviera aus dem Zimmer.

Poppi öffnete den Mund, doch ihr Kumpel konnte ihr in letzter Sekunde die Hand vorhalten. Beinahe hätte sie „Ja!“ gesagt.

Als Antwort klopfte Axel gegen die Tür.

Der Brasilianer verstand, öffnete die Tür und drehte den Alarm ab. „Ihr habt mich gesucht, nicht wahr?“

Poppi und Axel nickten.

„Äh … die Alarmanlage … also sicher ist sicher, man kann nie wissen. Ihr habt bestimmt Hunger und wollt, dass ich endlich die Botschaft anrufe und wir eure Eltern suchen?“

Wieder nickten die Knickerbocker.

„Bin gleich bei euch!“

Eine Minute später erschien Diego in einem langen Morgenmantel, die Haare standen kreuz und quer von seinem Kopf. Gemeinsam gingen sie in die Küche. Während er das Frühstück zubereitete, verschwanden Poppi und Axel im Wohnzimmer. Sie mussten dringend etwas besprechen.

„Der Pavian ist hundertprozentig im Schlafzimmer, sonst wäre dort keine Alarmanlage!“, flüsterte der Junge.

Poppi stimmte ihm zu.

„Los, ich lenke ihn ab, und du versuchst in das Zimmer zu kommen!“, forderte sie Axel auf.

Dem Mädchen rutschte fast das Herz in die Hose. „Kannst nicht du …?“

In diesem Moment betrat der Hausherr das Wohnzimmer. Axel trat Poppi gegen das Schienbein, um seinen Auftrag zu bestätigen. Das Mädchen hatte verstanden und reagierte geschickt. Es krümmte sich plötzlich zusammen, als hätte es grimmige Bauchschmerzen.

„Du armes Kind, hast du Schmerzen?“, erkundigte sich de Riviera besorgt.

Poppi nickte.

„Warte, ich hole einen Arzt!“

Poppi winkte ab und taumelte aus dem Zimmer.

„Die Toilette ist gleich links, neben der Eingangstür“, rief er ihr nach.

Axel machte ein paar Schritte, stolperte dabei absichtlich und ließ sich zu Boden fallen. Mit schmerzverzerrtem Gesicht hielt er seinen Knöchel. De Riviera beugte sich besorgt zu ihm und untersuchte das Bein. „Gebrochen scheint es nicht zu sein!“ Axel stieß herzerweichende Laute aus. Der Astronaut kümmerte sich rührend um ihn. Axel hatte sein Ziel erreicht. De Riviera war beschäftigt.

Aber wieder plagte den Knickerbocker sein schlechtes Gewissen. Es war fürchterlich, diesen Mann zu betrügen. War er wirklich ein Dieb? Nein, dafür war er viel zu gutmütig.

In der Zwischenzeit hetzte Poppi in den zweiten Stock. Sie öffnete zuerst die beiden anderen Türen und blickte in ein Arbeitszimmer und in eine Abstellkammer. Danach holte sie tief Luft und wagte es noch einmal die Klinke zu de Rivieras Schlafzimmer niederzudrücken.

Ein Stein fiel ihr vom Herzen, als kein Alarm anging. Sie schlüpfte in das Zimmer und sah sich hastig um. An der linken Seite des Raumes stand ein breites Bett. Der Tür gegenüber befand sich eine riesige Glaswand, durch die man auf den Zuckerhut hinaufsehen konnte.

Rechts davon erstreckte sich ein langer Wandschrank mit zahlreichen Klappen und Laden.

Poppis Hände waren nass vor Schweiß, als sie eine Klappe nach der anderen öffnete und die Fächer durchsuchte. Klamotten, Klamotten, nichts als Klamotten! Diego de Riviera musste sich siebenmal am Tag umziehen, so viel Kleider besaß er. Weit und breit keine goldene Statue!

Dem Mädchen kam ein Gedanke, der entsetzlich war: „Wäre es nicht logisch, ein so wertvolles Stück in einem Safe aufzubewahren?“ Poppi konnte diese Frage nur mit Ja beantworten.

Entmutigt tappte das jüngste Mitglied der Knickerbocker-Bande nach unten. Verdammt, die Zeit verrann und sie hatten nichts gefunden!

„Geht es dir besser?“, erkundigte sich Diego de Riviera, als sie in das Wohnzimmer zurückkehrte.

Poppi lächelte schwach.

Axel wusste, was das zu bedeuten hatte.

Trotz ihres Heißhungers schmeckte den Knickerbockern das Frühstück nicht. Sie brachten kaum einen Bissen hinunter. Als sich der Astronaut ans Telefon setzte, um die Botschaft zu verständigen, musste er zu seiner großen Überraschung feststellen, dass die Leitung unterbrochen war.

„So ein Unglück“, jammerte er. „Ich werde in die Stadt fahren und persönlich vorsprechen müssen. Aber ihr … ihr kommt besser nicht mit. Euer Zustand ist zu schlecht. Kommt, schreibt mir alles auf. Eure Namen, eure Adressen, alles, was euch einfällt!“

Die Juniordetektive schwindelten und gaben falsche Namen und Adressen an. Sie hofften, dass das de Riviera aufhalten würde und sie noch einmal in Ruhe das Haus durchsuchen konnten.

Ihr Gastgeber schärfte ihnen ein, nicht in den Garten zu gehen. Sie würden im Haus alles finden, was sie brauchten. Auf der Rückfahrt wollte er den Arzt abholen und mitbringen.

Kaum war Diego gegangen, starteten Poppi und Axel einen neuen Streifzug durch die Villa. De Rivieras Diener schien seinen freien Tag zu haben: Die Knickerbocker hatten freie Bahn! Sie stöberten überall, aber es brachte nichts. Es war bereits drei Uhr am Nachmittag, als Axel in einem Wandschrank einen Tresor entdeckte. Er war von einer Holzplatte verdeckt und auf den ersten Blick nicht zu erkennen gewesen. Allerdings musste man drei Ziffernkombinationen kennen, um ihn zu öffnen. Entmutigt ließ sich der Junge auf den Boden sinken. Was sollten sie nur machen? Wie konnten sie Lilo und Dominik retten?

Der Nachmittag verging, aber de Riviera kehrte nicht zurück. Es war schon kurz nach sechs Uhr, und die beiden Juniordetektive wurden ungeduldig. Der zweite Tag war fast vorbei und sie hatten den goldenen Pavian nicht gefunden. Der Einzige, der ihnen helfen konnte, war der Astronaut selbst. Poppi spähte durch das Küchenfenster zur Einfahrt, ob sein Wagen schon zu sehen war. Nein, doch Duarte stand vor dem Tor und starrte auf das Haus.

Das Mädchen lief zu seinem Kumpel und erzählte ihm von seiner Beobachtung.

„Der will etwas von uns. Los, wir müssen zu ihm!“, rief Axel und rannte in den Garten hinaus.

Duarte gab ihnen ein Zeichen, streckte seine Hand

durch die Eisenstangen des Zauns und drückte den beiden Knickerbockern einen Packen Polaroidfotos in die Hand.

„Eure Freunde sitzen in dieser Kiste, die von einem einzigen Seil gehalten wird. Wenn ihr morgen früh den goldenen Pavian habt, werdet ihr zu ihnen gebracht und dürft die kleine Bombe entschärfen, die um Schlag 18.18 Uhr das Halteseil zerstören wird. Wenn ihr es nicht schafft, werden sie ins kühle Nass stürzen!“

Axel verzog grimmig das Gesicht. „Du gehörst zu Atalpacoas Mannschaft. Du hast uns für diesen verdammten Job ausgesucht, weil du gesehen hast, dass wir dicke Freunde sind. Aber wir haben uns von euren Zermürbungstricks nicht einschüchtern lassen. Deshalb seid ihr jetzt so brutal, ihr Schweine!“

Duartes Gesicht, das den Knickerbockern zu Beginn des Rundfluges über den Regenwald so freundlich erschienen war, erstarrte. Erst jetzt erkannten Poppi und Axel die unerbittlichen Züge um den Mund des Mannes.

„Wir können den Pavian nicht finden! Es gibt hier keinen!“, bemerkte Poppi.

„Dann fühlt doch dem netten Herrn ein wenig auf den Zahn!“, schlug Duarte vor. „An eurer Stelle würde ich mich beeilen!“

Das Geständnis

Kurz vor sieben Uhr kehrte Diego de Riviera nach Hause zurück. Er war sehr aufgebracht und bebte am ganzen Körper.

„Die Polizei kommt in Kürze", teilte er den Knickerbockern mit. „Alles, was ihr mir gesagt habt, ist falsch!" Empört riss er Axel und Poppi an den T-Shirts, die er ihnen geborgt hatte, damit sie nicht mehr in ihre zerfetzten Sachen hatten schlüpfen müssen. „Ich will wissen, was hier gespielt wird!", verlangte er wütend.

Axel ging aufs Ganze. „Wir ... wir sagen Ihnen alles, aber bitte, bitte hören Sie uns zu und glauben Sie uns. Es geht um das Leben unserer Freunde, und das können wir beweisen."

Er streckte dem Astronauten die Fotos entgegen, die ihnen Duarte gebracht hatte, und Diego betrachtete sie argwöhnisch. „Ah, jetzt kannst du auf einmal sprechen! Sehr interessant! Und das sind eure Freunde?", fragte er.

„Ja, das sind Lilo und Dominik." Im Telegrammstil berichteten Poppi und Axel, was sie in den vergangenen Tagen durchgemacht hatten.

„Wir müssen den goldenen Pavian unbedingt abliefern, sonst ist es um unsere Freunde geschehen. Dieser Atalpacoa ist ein grausamer, gemeiner Kerl, der vor nichts zurückschreckt!"

De Riviera sprang aus dem Polsterstuhl, in dem er Platz genommen hatte, und ging im Zimmer auf und ab. Da klingelte es. Der Mann lief ins Vorzimmer und die Juniordetektive folgten ihm. Auf einem Bildschirm war zu sehen, wer vor dem Gittertor stand. Es waren zwei Polizisten.

Diego de Riviera wechselte mit ihnen über die Gegensprechanlage einige Worte. Die Polizisten tippten sich schließlich an die Stirn und machten kehrt. Axel und Poppi atmeten erleichtert auf. Ihr Retter hatte die Polizei weggeschickt, er schien ihnen zu glauben.

„Bitte, bitte, geben Sie uns den goldenen Pavian!“, flehten die beiden Knickerbocker.

Der Astronaut war unschlüssig. Er fuhr sich durch sein schwarzes Haar und wischte sich übers Gesicht. „Es hat … es hat so kommen müssen … Es war der größte Fehler, den ich in meinem Leben begangen habe“, begann er zu erzählen.

Poppi und Axel hatten keine Lust auf lange Berichte, sie wollten nur die Figur, aber Diego de Riviera wollte ihnen alles schildern.

„Hört zu“, setzte er fort. „Ihr bekommt den goldenen Pavian. Aber ihr sollt wissen, welche Folgen das für mich hat. Ich werde nämlich ins Gefängnis wandern. Die Menschen, die sich heute vor mir verneigen, werden dann vor mir ausspucken.“

Die Juniordetektive trauten ihren Ohren nicht. Wovon sprach der Mann?

„Meine Eltern waren so arm, dass wir nicht einmal ein Dach über dem Kopf hatten. Wir sind umhergewandert und ich habe mir bald mit Schuheputzen mein Brot verdient. Ein Pater war es, der mich auf der Straße aufgelesen und in ein Heim gebracht hat. Dort bin ich groß geworden. Ich war der Beste in der Schule, und später habe ich sogar ein Stipendium für die Universität bekommen. Nie wieder arm sein, das war mein einziger Gedanke. Könnt ihr euch vorstellen, was es für mich bedeutet hat, als ich erfuhr, dass ich es war, der an dem Raumflug teilnehmen sollte? Es war für mich der Höhepunkt meines Lebens. Aber ich wollte mehr, und da kam auch ein Angebot. In der Raumfähre haben wir unter anderem ein neues Gerät getestet, das vom Weltall aus die Erde fotografieren und dabei nach Bodenschätzen suchen konnte. Durch die Messung spezieller Strahlungen sollte es möglich sein, Bilder anzufertigen, auf denen genau zu sehen war, wo es sich lohnte, nach Erdöl zu bohren, und wo nicht. Auch Bodenschätze wie Gold sollten auf den Fotos erkennbar sein.

Einige Wochen vor meinem Start in den Weltraum nahm jemand mit mir Kontakt auf – über Mittelsmänner. Dem Auftraggeber sollte ich nie persönlich begegnen. Dieser Unbekannte wusste von der neuartigen Kamera und bot mir viele Millionen Dollar, wenn ich für ihn Bodenschatzfotos des Regenwaldes in Brasilien anfertigte. Niemand durfte davon erfahren. Die Welt sollte denken, das Gerät hätte gar nicht funktioniert!

Wisst ihr, es gab schon immer Vermutungen, dass es in diesem Gebiet besonders reichhaltige Ölvorkommen gibt. Die Aufnahmen konnten es beweisen und langes Suchen ersparen. Ich ...“, de Riviera tat sich sehr schwer weiterzureden, „ich ... habe zugestimmt und es wirklich getan. Den Film mit den Bildern hatte ich in meinem Raumanzug versteckt. In der Kamera steckte ein unbrauchbarer Film. Das Gerät wurde als funktionsuntauglich abgestempelt und ins Entwicklungslabor zurückgeschickt.

Meinem Auftraggeber habe ich aber von insgesamt

siebzig nur ein einziges Foto verkauft. Ich habe behauptet, es gäbe nicht mehr. Aber er war überzeugt, dass ich ihm etwas vorenthielt, und bestand auf der Herausgabe des fehlenden Materials. Da habe ich den Preis erhöht und seither nichts mehr von ihm gehört. Ich zog mich in dieses Haus zurück und habe keinem Menschen mehr vertraut. Ständig musste ich davor Angst haben, dass der Unbekannte zuschlagen könnte. Allerdings habe ich einem seiner Mittelsmänner gesagt, die restlichen Bilder lägen an einem Ort, den nur ich kenne. Wenn mir etwas zustößt, wären sie für immer verloren. Aber ich habe nie damit gerechnet, dass er zu so schrecklichen Mitteln greifen würde. Nein, es dürfen keine Kinder sterben! Schon gar nicht meinetwegen! Ihr bekommt die Fotos."

Axel und Poppi schwiegen. Das Geständnis bewegte sie sehr.

„Aber was hat das alles mit einem goldenen Pavian zu tun? Wo ist die Figur?", fragte Axel leise.

„Eine Figur? Nein, der goldene Pavian ist keine Figur. Das war der Codename des Projektes", antwortete der Astronaut mit tonloser Stimme.

„Na, da hätten wir ja ewig nach einer Affenstatue suchen können!", rief Axel empört.

De Riviera ging nach oben und kehrte kurz darauf mit einer Metallkassette zurück. Er öffnete sie und reichte den Juniordetektiven einen Stoß großformatiger quadratischer Negative. „Das sind die Aufnahmen. Bitte, gebt sie diesem Wahnsinnigen und rettet eure Freunde!"

„Oh nein!", rief Poppi entsetzt. „Axel, wir haben ja keine Ahnung, wann und wo wir die Aufnahmen abliefern sollen. Duarte hat uns nicht gesagt, wann er sich wieder sehen lässt!“

Langes, banges Warten begann. Würde der Komplize Atalpacoas je wieder auftauchen?

Ein schwerer Irrtum

Die Nacht schien kein Ende zu nehmen. Poppi und Axel weigerten sich, zu Bett zu gehen. Sie standen am Fenster, von dem sie den besten Blick auf das Gittertor hatten, und ließen es nicht aus den Augen. Die Knickerbocker waren fest davon überzeugt, dass Duarte dort wieder erscheinen würde.

Einige Male nickten sie ein und schreckten nach kurzem Schlaf benommen auf. De Riviera versorgte sie rührend. Er brachte ihnen Decken und etwas zu trinken, überredete sie, doch etwas zu essen, und wollte immer wieder die Polizei rufen.

„Nein, das ist unmöglich!“, versicherte ihm Axel beschwörend. „Stellen Sie sich vor, die Gangster werden durch die Polizei abgeschreckt. Dann erfahren wir nie, wo sich Lilo und Dominik genau befinden, und sie stürzen den Wasserfall hinunter. Nein, wir müssen sie retten.“ Insgeheim befürchtete der Junge jedoch: „Wenn es überhaupt noch eine Rettung für sie gibt.“

Erst um neun Uhr am Vormittag kam Duarte. Lässig schlenderte er den Zaun entlang und zündete sich eine Zigarette an.

De Riviera wollte Axel und Poppi nicht gehen lassen, aber die beiden rissen sich los und stürmten durch den Garten. De Riviera öffnete mit der Fernsteuerung das Gittertor und blickte den beiden lange und besorgt nach.

Sie hatten vereinbart, dass sich die Knickerbocker sofort bei ihm melden würden, sobald sie an ein Telefon herankämen. Bis dahin sollte seine Leitung wieder funktionieren.

„Na, habt ihr alles?“, fragte Duarte mit einem schmierigen Grinsen.

„Warum hast du uns nicht gesagt, was wir eigentlich bringen sollen?“, zischte Axel.

„Damit ihr euch etwas anstrengen müsst und den Clown in der Villa wirklich dazu bringt, das Zeug herauszurücken.“

Mit einer schnellen Handbewegung riss er Axel den Umschlag mit den Dias aus der Hand. „Ich hoffe, ihr seid nicht auf die Idee gekommen, die Polizei zu verständigen. Sonst wäre es nämlich um eure Freunde geschehen.“

Poppi, die normalerweise sanft und freundlich war, schäumte vor Wut: „Wir sind doch keine Idioten – und jetzt bring uns endlich zu Lilo und Dominik! Wo sind sie?“

Der Pilot gab keine Antwort, sondern ging zu einem klapprigen Wagen, der in der Gasse geparkt war. Er ließ die Knickerbocker hinten einsteigen und fuhr zu dem Flugplatz, den sie bereits kannten.

Ihre Reise begann in einem kleinen Flugzeug, später stiegen sie – wie vor ihnen Lilo und Dominik – in einen Hubschrauber um. Dieser brachte sie zu der kleinen Insel am Rande der tosenden Wasserfälle von Iguaçú. Als der Hubschrauber gelandet war, kletterten Poppi und Axel mit zitternden Knien heraus und blickten sich um.

Wo waren ihre Freunde? Wo war diese Holzkiste mit dem Zeitzünder vertäut? Es war erst zwei Uhr am Nachmittag, also blieb noch genug Zeit, um die Bombe zu entschärfen! Doch die Kiste war weit und breit nicht zu sehen.

„Was soll das? Wo sind unsere Freunde?“, brüllte Axel und schlug mit den Fäusten auf Duarte ein.

Der Pilot zwang ihn, still zu sein. „Keine Aufregung, sie sind hier.“ Duarte zerrte Axel auf die andere Seite des Helikopters und das jüngste Mitglied der Knickerbocker-Bande trippelte ratlos hinterher. Unter einer Baumgruppe hockten Lilo und Dominik auf dem Boden. Sie waren gefesselt und Rücken an Rücken gebunden, Gloria saß neben ihnen. Die beiden Krieger bewachten sie.

Die drei Gefangenen waren wieder aus dem Wasser gezogen und aus der Kiste herausgeholt worden. Wozu das gut gewesen sein sollte, verstanden sie beim besten Willen nicht. Hatte das Spektakel nur für Fotozwecke stattgefunden, damit ihre Freunde überzeugt werden konnten, wie ernst es Atalpacoa meinte? Oder hatten die zwei Krieger ihren Spaß haben wollen und sie deswegen in Angst und Schrecken versetzt?

Die beiden Neuankömmlinge wurden nun auch gefesselt! Brutal stießen die Krieger den Jungen und das Mädchen zu den anderen Gefangenen.

Duarte strahlte übers ganze Gesicht und meinte bösartig: „Vielen Dank, ihr habt tolle Arbeit geleistet! Das habe ich mir aber auch von euch erwartet, als ihr mir bei unserer ersten Begegnung von euren Heldentaten vorgeschwärmt habt. Ihr wart genau die Richtigen für unser Vorhaben. Daran habe ich keinen Augenblick gezweifelt. Allerdings habt ihr uns auch viel Ärger bereitet und Morris …“

Der Pilot stutzte und biss sich auf die Unterlippe.

Gleich darauf grinste er wieder und sagte: „Jetzt könnt ihr es ja wissen. Atalpacoa heißt in Wirklichkeit Morris MacMillan.“

Axel horchte auf. „Das ist doch einer der Astronauten, die mit de Riviera im Spaceshuttle geflogen sind!“

Duarte gab ihm Recht: „Schlaues Bürschchen. Morris ist mein Cousin und ein genialer Kopf. Er ließ de Riviera die Drecksarbeit mit den kostbaren Fotos machen. Allerdings hat sich der gute Diego dann nicht so verhalten, wie wir es vereinbart hatten, und uns ziemlich an der Nase herumgeführt. Wir konnten nichts gegen ihn unternehmen, da die Gefahr zu groß war, dass er die Aufnahmen tatsächlich zerstören würde. Deshalb mussten wir ihn mit einer List dazu bringen, die Negative herauszurücken. Mit diesen Bildern werden wir den Regenwald zu Gold machen!“

Poppi schnaubte empört: „Jaja, abholzen und Tiere töten und das Klima der Erde kaputtmachen!“

Duarte hörte so etwas nicht gern. „Halt die Klappe, Kleine!“, schnauzte er sie an.

„Bringen Sie uns jetzt endlich von hier fort!“, verlangte Dominik.

Duarte brach in lautes Gelächter aus und schüttelte langsam den Kopf. „Oh nein, ihr denkt doch nicht, dass wir euch laufen lassen können, Kinderchen. Ihr habt eure Nasen viel zu tief in Sachen gesteckt, die nicht für euch bestimmt waren. Und da ihr euch nicht zu Anhängern Atalpacoas und willigen Arbeitssklaven umformen lasst, werden wir uns für immer von euch verabschieden müssen!“

Und dann befahl Duarte den beiden Kriegern, zur Tat zu schreiten.

Die Knickerbocker schrien, so laut sie konnten, als sie in die Kiste verfrachtet wurden. Gloria kam als Letzte dran. Wie in Trance ließ sie sich in die Holzkiste pferchen. Sie hatte bereits mit ihrem Leben abgeschlossen.

Gerettet!

„Ihr habt die Aufnahmen pünktlich abgeliefert. Also werden wir jetzt auch pünktlich sein!“, witzelte Duarte. „Um 18.18 Uhr wird eure letzte große Fahrt beginnen, den Wasserfall hinab. Wozu haben wir schließlich diesen großartigen Zeitmechanismus angefertigt!“

Die Krieger nagelten die Holzkiste sorgfältig zu. Die Juniordetektive rissen an ihren Fesseln und versuchten sich davon zu befreien, aber die Seile waren zu fest zugezogen. Sie schrien um Hilfe und strampelten. Dabei verletzten sie sich aber nur gegenseitig. Gloria hatte inzwischen leise zu weinen begonnen.

„Los, wir müssen uns unbedingt befreien, dann haben wir vielleicht eine Chance“, rief Lieselotte.

In diesem Moment wurde die Kiste ins Wasser gelassen und trieb auf den Fluss hinaus. Es gab einen kräftigen Ruck, als sich das Halteseil spannte und die Gefangenen vor einem Absturz bewahrte. Das Tau ächzte und krachte bedenklich. Außerdem schienen die Bretter der Kiste das Gewicht ihrer Insassen nicht auszuhalten. Durch die Ritzen drang Wasser ein. Die Kiste drohte zu sinken.

„Nein, bitte nicht!“, kreischte Poppi.

„Ruhe, gebt Ruhe! Bewegt euch nicht!“, befahl Lieselotte. „Das macht alles nur schlimmer! Wir dürfen jetzt nicht die Nerven verlieren, wir müssen versuchen, die Fesseln aufzuknüpfen.“

Aber in der Dunkelheit der schwankenden Kiste war das kaum möglich. Hatte Axel endlich die Fesseln von

Lilo und Dominik in die Hand bekommen, schlingerte die Kiste und er wurde zur Seite geschleudert. Das Tosen des Wasserfalls wurde für die Gefangenen immer lauter, immer bedrohlicher. „Es hat keinen Sinn!“, schluchzte Dominik.

Wie auf Kommando verharrten sie nun völlig regungslos. Kein Wort wurde mehr gesprochen, kein Schrei war mehr zu hören. Das Wasser stand schon zwanzig Zentimeter hoch und zog die Holztruhe in die Tiefe. Das Seil knarrte unheilverkündend.

Da! Ein starker Ruck!

Axel, Lieselotte, Poppi, Dominik und Gloria schrien um ihr Leben, als sich die Kiste in Bewegung setzte. Sie wurden gegen die Holzwände geworfen und versuchten verzweifelt sich aneinander festzuhalten. Das Wasser schwappte hoch und klatschnass rangen die Knickerbocker nach Luft. „Hilfe!“, brüllten sie wie am Spieß.

Auf einmal rief Poppi: „He! Hört mir mal zu … Ruhe! Wir stürzen gar nicht ab … wir werden zurückgezogen! Habt ihr mich verstanden? Zurückgezogen!“

Gleich nach dem entsetzlichen Ruck hatte Poppi zu zählen begonnen, sie wusste selbst nicht, warum. Mittlerweile war sie bei zwanzig angekommen, und so lange konnte es nicht dauern, bis die Holzkiste abstürzte. Der Weg zur Wasserfallkante betrug ja nur ein paar Meter!

Poppi hatte Recht: Die Holzkiste wurde an Land gezogen. Schon bald war das Knirschen der Steine zu hören, als der schwimmende Sarg das Ufer erreichte. Die Knickerbocker und Gloria zogen die Köpfe ein, als der Deckel aufgestemmt wurde.

Das Licht der Nachmittagssonne strahlte für die Gefangenen so hell und freundlich wie nie zuvor. Vorsichtig lugten sie aus der Kiste und erblickten das Gesicht von Paolo!

Gloria konnte es nicht fassen. Ihr Freund stand vor ihnen, hielt eine Pistole in der Hand und hatte sie auf Duarte und den anderen Krieger gerichtet, die folgsam seine Befehle ausführten.

„Paolo!“, jubelte Gloria.

Zähneknirschend musste der Pilot ihre Fesseln abnehmen. Danach befreite Gloria die Knickerbocker, die überglücklich aus der Kiste sprangen.

Wenige Sekunden später explodierte die kleine Zeitbombe und die leere Holzkiste wurde abgetrieben. Im Nu erreichte sie die Kante zum Wasserfall und war verschwunden.

Gloria redete wild auf Paolo ein, der immer wieder nickte und lächelte. Trotzdem ließ er die beiden Ganoven nicht aus den Augen. „Paolo hat gespielt Theater. Er schon lange nicht mehr getrunken den roten Saft. Er haben gewusst, was sie machen wollen mit uns. Ganze Zeit er gewartet auf Gelegenheit, damit er kann retten uns. Duarte er weggenommen Waffe schnell. Jetzt sie müssen machen, was er will.“

Der Pilot wurde von Paolo gezwungen, Gloria und die vier Juniordetektive zurückzufliegen. Nach der Landung wurden er und der Krieger verhaftet.

Am Abend konnte Poppis Mutter, die vor Sorge einen Nervenzusammenbruch erlitten hatte, ihre Tochter endlich in die Arme schließen.

„Genug, Mama, später!“, meinte das Mädchen matt und wand sich aus der allzu heftigen Umarmung. „Jetzt muss ich schlafen, schlafen und noch einmal schlafen! Gute Nacht!“

Atalpacoa konnte gefasst und als Morris MacMillan entlarvt werden. Seine Anhänger wurden in Krankenhäuser gebracht, wo man sie von ihrer Sucht heilen und wieder für ein normales Leben vorbereiten wollte.

Die Idee mit der Aztekenstadt im Dschungel und der Sekte stammte übrigens gar nicht von Morris, sondern von dessen Bruder Sam, dem Jaguar-Mann! Dieser hatte die Pyramide über dem Loch einer Probebohrung errichten lassen, und zwar von den ersten Anhängern Atalpacoas. Das lag schon Jahre zurück. Für die geplanten Arbeiten benötigten die Brüder natürlich mehr Sklaven, und die holten sie sich auch. Unter ihnen waren auch hochqualifizierte Fachkräfte. Doch immer funktionierte Atalpacoas Zermürbungstaktik nicht. Wie zum Beispiel bei den drei Wissenschaftlern, die er in Tiefschlaf versetzt hatte.

De Riviera stellte sich der Polizei und wurde verhaftet. Übrigens ergab sich bei der Prüfung der sichergestellten Negative, dass sie völlig wertlos waren.

De Riviera schickte den Knickerbockern einen Brief, den sie erst erhielten, als sie bereits wieder in ihrer Heimat waren.

„Ich hoffe, ihr habt alle Schrecken gut verdaut und seid wohlauf!“, schrieb er. „Ich habe euch sehr bewundert und möchte euch bitten, nie auf die schiefe Bahn zu geraten, wie es bei mir der Fall war. Aber wahrscheinlich muss ich mir um euch überhaupt keine Sorgen machen!“

Lieselotte schüttelte den Kopf. „Nein, das muss er wirklich nicht.“

„Halt, da steht ja noch etwas!“, meinte Axel und las den Nachsatz des Briefes vor. „Liebe Freunde, bitte passt auf euch auf und begebt euch nie wieder in so große Gefahr."

Lieselotte lachte und sagte: „Als ob wir das absichtlich getan hätten! Diesmal ist das Abenteuer auf uns zugeflogen oder besser gesagt, wir sind richtiggehend hineingestürzt!"

Beim nächsten Fall der Knickerbocker-Bande sollte das anders sein. Da würde den Juniordetektiven etwas Unglaubliches entgegenwanken, im Tal der Donnerechsen!*

---

* Siehe Knickerbocker-Abenteuer Nr. 27: „Im Tal der Donnerechsen".

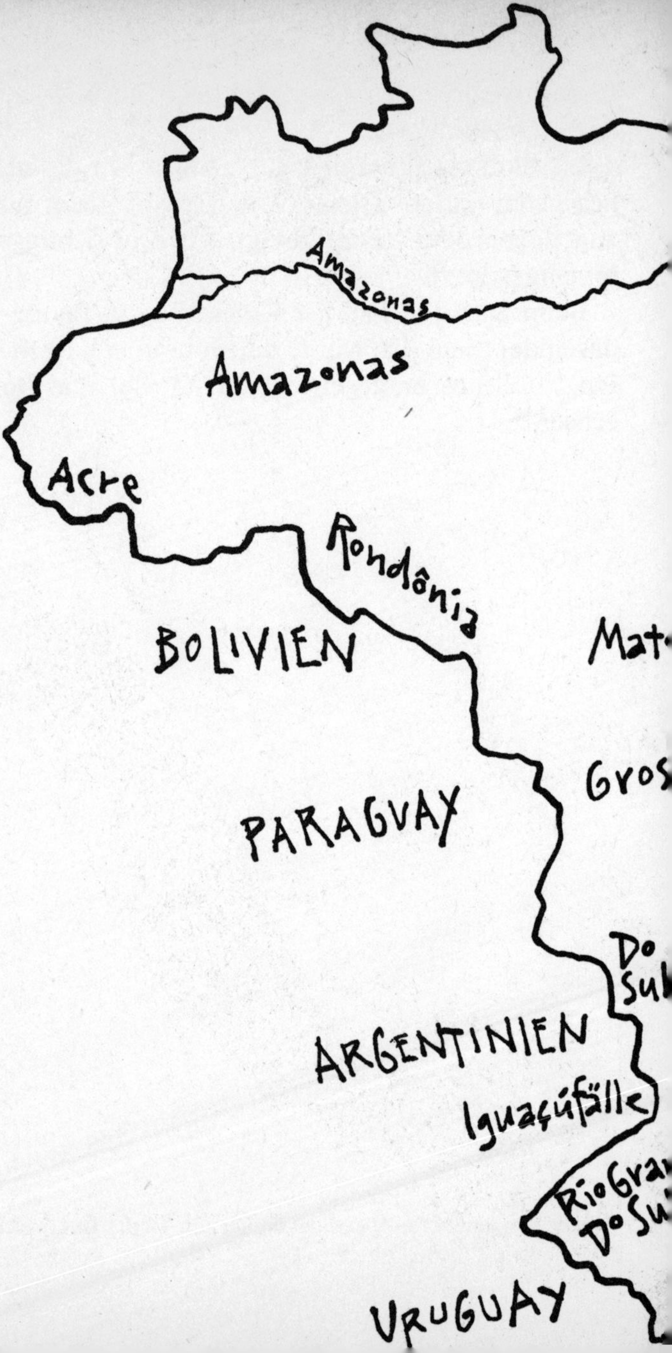

Amazonas
Amazonas
Acre
Rondônia
BOLIVIEN
Mat
PARAGUAY
Gros
Do
Sul
ARGENTINIEN
Iguaçúfälle
RioGra
Do Su
URUGUAY

KARTE VON BRASILIEN

DIE KNICKERBOCKER-BANDEN-CHECKLISTE

KREUZE EINFACH DIE KNICKERBOCKER-BÄNDE AN, DIE SCHON IN DEINEM REGAL STEHEN.

- ❑ 1 Rätsel um das Schneemonster
- ❑ 2 Ein Ufo namens Amadeus
- ❑ 3 Lindwurmspuk vor Mitternacht
- ❑ 4 Wenn die Turmuhr 13 schlägt
- ❑ 5 Bodenseepiraten auf der Spur
- ❑ 6 Das Phantom der Schule
- ❑ 7 Die Tonne mit dem Totenkopf
- ❑ 8 Wo ist der Millionenstorch?
- ❑ 9 Treffpunkt Schauermühle
- ❑ 10 Der Fluch des Schwarzen Ritters
- ❑ 11 Die Nacht der Weißwurst-Vampire
- ❑ 12 Schokolade des Schreckens
- ❑ 13 Der Ruf des Gruselkuckucks
- ❑ 14 Jagd auf den Hafenhai
- ❑ 15 Das Zombie-Schwert des Sultans
- ❑ 16 SOS vom Geisterschiff
- ❑ 17 Die Rache der Roten Mumie
- ❑ 18 Kolumbus und die Killerkarpfen
- ❑ 19 Die Gruft des Barons Pizza
- ❑ 20 Insel der Ungeheuer
- ❑ 21 Frankensteins Wolkenkratzer
- ❑ 22 Der tätowierte Elefant
- ❑ 23 Die Drachen-Dschunke
- ❑ 24 Der weiße Gorilla
- ❑ 25 Der Grüne Glöckner
- ❑ 26 Im Dschungel verschollen
- ❑ 27 Im Tal der Donnerechsen
- ❑ 28 Titanic, bitte melden!
- ❑ 29 Der Eiskalte Troll
- ❑ 30 Im Reich des Geisterzaren
- ❑ 31 Der Bumerang des Bösen
- ❑ 32 Kennwort Giftkralle
- ❑ 33 Das Riff der Teufelsrochen
- ❑ 34 Das Geheimnis der gelben Kapuzen
- ❑ 35 Der Geisterreiter
- ❑ 36 Im Wald der Werwölfe
- ❑ 37 Die giftgelbe Geige
- ❑ 38 Das Haus der Höllensalamander
- ❑ 39 Das Biest im Moor
- ❑ 40 Die Maske mit glühenden Augen
- ❑ 41 Die Hand aus der Tiefe
- ❑ 42 13 blaue Katzen
- ❑ 43 Die Rote Mumie kehrt zurück
- ❑ 44 Die Höhle der Säbelzahntiger
- ❑ 45 Der Mann ohne Gesicht
- ❑ 46 Hinter der verbotenen Tür
- ❑ 47 Das Phantom der Schule spukt weiter
- ❑ 48 Der unsichtbare Spieler
- ❑ 49 Es kam aus dem Eis
- ❑ 50 Der Schrei der goldenen Schlange
- ❑ 51 Der Schatz der letzten Drachen
- ❑ 52 Das Wesen aus der Teufelsschlucht
- ❑ 53 Das Diamantengesicht
- ❑ 54 Das Gold des Grafen Drakul
- ❑ 55 Der Taucher mit den Schlangenaugen
- ❑ 56 Das Geheimnis des Herrn Halloween
- ❑ 57 Das Internat der Geister

Thomas Brezina

DIE KNICKERBOCKER BANDE®

Ratekrimis

Jede Menge spannende Fälle

für alle Hobby- oder Meisterdetektive und Super-Knickerbocker gibt es in den Ratekrimis von Thomas Brezina:

- ❑ *Gift für den Killerwal*
- ❑ *Wenn der Wolfsmann heult*
- ❑ *Die Gänsehaut-Orgel*
- ❑ *Pferdehof in Gefahr*
- ❑ *Die Geisterkatze zeigt die Krallen*
- ❑ *Es tanzen die Vampire*
- ❑ *Raub beim Ritterfest*
- ❑ *Schloss Schauerlich*
- ❑ *Der Schatz am Meeresgrund*

Auflösung von Seite 10:

Als die vier den Zeichenwettbewerb einer Lederhosenfirma gewannen und einander bei der Preisverleihung kennen lernten.